El Profesor

Una historia de amor, intriga y suspense

Pablo Poveda

La razón trata de decidir lo que es justo. La cólera trata de que sea justo todo lo que ella ha decidido.

—Séneca.

1

La máquina de café no funcionaba. León introdujo otra moneda. Pulsó el botón, pero la máquina no le devolvió el dinero. Dio varios golpes con la mano.

—¿Otra vez? ¡Mierda! —dijo y desistió.

La sala de profesores estaba vacía. Faltaba más de una hora para que empezaran las clases. A León le gustaba llegar antes y trabajar en su ordenador la novela que estaba escribiendo. Era profesor de Lengua y Literatura española en una escuela femenina privada. El Liceum Corpenicus era uno de los centros polacos más exclusivos de Europa. Los altos cargos llevaban a sus hijas siempre bajo la discreción, privacidad y silencio que la institución daba a los familiares.

León estaba contento con la trayectoria que labraba. Le proporcionaba estabilidad económica, prestigio profesional y libertad para desarrollar los asuntos propios que en otras escuelas no tenía. En pocos años, había logrado convertirse en alguien. La carencia de ser ese alguien fue una de las razones por las que Paulina lo dejó. Para entonces, el verano había terminado y se encontraba recién instalado en un piso de soltero, volviendo a la vida que nunca echó en falta, a las noches de caza y enfrentar el miedo a la soledad con varias copas de más. Una vieja cama de IKEA, dos maletas y algunas cajas con trastos. Era todo lo que había acumulado durante dos años en Varsovia. El apartamento 166 del número 36 de la Calle Świętokrzyska. Un pequeño piso con una habitación y un salón situado en el corazón de la capital en una torre de viviendas. La propia génesis de una capital, donde miles de rostros cruzaban a diario sin gloria alguna. Le fascinaba el anonimato como forma de vida, siempre sin elección. No importaba cuánto ruido hiciera. Nadie le reconocería. Personas y vidas ajenas que cada día entraban y salían del ascensor, saludándose por primera vez.

León era joven, de pelo oscuro, y se acercaba con remordimientos a los treinta. Clásico en su forma de vestir, completaba su armario con una americana azul marino, varias camisas de corte inglés y zapatos marrones. Estilo atemporal que jugaba a su favor cuando ejercía como profesor. Las alumnas encontraban cierto morbo a la imagen de un chico de mirada oscura con cierta autoridad, acento exótico y jerséis de punto.

A pesar del rebaño de hormonas que cada día se dejaba ver por los pasillos del edificio, para él terminaba todo ahí, en puro erotismo imaginario. Las adolescentes se habían convertido en seres intocables y peligrosos, en ocasiones, con muy malas intenciones.

Pensó que era mejor mantenerse alejado de los problemas gratuitos.

No tenía muchos amigos, por no decir ninguno. Las personas que conocía no eran más que conocidos o relativos a su ex pareja. Los mismos que una vez terminada la relación no dudaron en ignorar sus llamadas. El resto de docentes eran polacos y cada uno tenía su vida, no menos complicada. De todos, destacaba Mateusz Kowalski, profesor de Física y el único con el que había compartido alguna cerveza. Kowalski estaba casado y tenía una hija que estudiaba en la Universidad de Varsovia. Tenía curiosidad por saber qué razones le mantenían aún allí, en la escuela. Preguntaba sobre el idioma, chapurreaba algunas frases en español y tenía interés en el comportamiento de los mediterráneos. Era fervientemente católico.

—Buenos días —dijo Katarzyna, la profesora de Matemáticas. Un físico envidiable para tener casi cincuenta. Su piel aún estaba tersa, los pechos mantenían la gravedad y la forma sin parecer dos lechugas colgantes y presumía de unas piernas largas que frecuentemente ocultaba bajo la falda. Estaba encantada con la presencia de León. Ambos sentían una tensión sexual difícil de resolver. Katarzyna fantaseaba con la idea de tener al joven a su alrededor, pero era lo suficientemente reprimida y clasista como para acercarse a él.

—Buenos días, Kasia —dijo León—. ¿Cómo estás hoy?

—¿De verdad me lo preguntas? —dijo ella en inglés.

—Sí, claro —dijo León.

—Me alegra que te preocupes por mí, León.

—Trabajamos juntos.

—No funciona la máquina de café —dijo León.

—Eres el único que bebe café aquí —contestó ella.

León dio un vistazo a la prensa del día. Los partidos políticos preparaban nuevas elecciones. La crisis europea, el Euro, formar parte de él o no, el aborto, la inmigración o las cuestiones religiosas. Amarillismo y titulares sobre estrellas de cine. Puso el ojo en un hombre de pelo blanco, alto y corpulento. Tendría unos cincuenta años, pensó. Era el secretario general de uno de los partidos opositores, la parte más conservadora del país.

«Ugh.» se dijo a sí mismo y dejó el diario.

La puerta se abrió. Entró un señor calvo y corpulento. Vestía chaqueta de tweed y zapatos negros y tenía la cara alargada y plana como una tabla de planchar. El señor Chlebek era director del centro y era habitual reconocer su voz de ultratumba afónica por los cigarrillos y salivada como un perro enfadado.

—Señor Sánchez, ¿puede venir a mi oficina un momento?

—Buenos días señor Chlebek —dijo Kasia.

—¿Llevará mucho tiempo?

—Sólo un momento, señor Sánchez —dijo sujetando la puerta. León acompañó al viejo Chlebek hasta el otro edificio.

Una habitación amplia de techo alto y un ventanal a la izquierda alargado por el que podía observar los jardines y a las estudiantes que esperaban en el patio el momento de entrar a clase. Tras un escritorio de roble, el señor Chlebek se sentó y abrió un ordenador portátil.

—Verá, señor Sánchez, me gustaría hablarle de algo relacionado con su trabajo.

—Usted dirá.

León estaba desconcertado. No había recibido ninguna amonestación por parte de alumnos, familiares u otros docentes. Las encuestas siempre habían sido positivas. Se apoyó sobre la barbilla y sopesó mientras escuchaba atentamente.

—Tras los resultados obtenidos en los cursos anteriores, la directiva ha creído conveniente promocionarlo. Nos encantaría darle otra subida de sueldo. Sin embargo, el centro no se puede permitir tal cosa, así que hemos decidido ofrecerle un traslado como docente en la Universidad de Varsovia.

León no esperaba tal oferta y cuando el señor Chlebek

terminó de hablar, sólo pudo escuchar el latir de su corazón golpear contra las paredes de su cuerpo.

—Gracias por su consideración. No lo esperaba —dijo aturdido—. No sé qué decirle, la verdad.

—No diga nada —dijo —. Piénselo detenidamente y si accede, haremos los trámites necesarios para el próximo semestre.

—Valoro mucho su apoyo.

—Pero espere… —dijo el señor Chlebek —. Aún no he terminado

—¿Hay más? —contestó León sonrojado.

—Mi intención, hoy… era otra.

—¿Cómo dice?

—No me malinterprete, señor Sánchez —dijo el director, respiró profundamente y se arrancó con un tono de voz sórdido—. Este año tiene un objetivo primordial. El grupo del último año, ya sabe… tiene las pruebas universitarias.

—Como todos los años, señor.

—Así es. Sin embargo… este año… este año es importante también —explicó el anciano dando vueltas —. Digamos que se trata de un grupo especial, por tanto necesitarán un apoyo extra.

La historia no era nueva para León. Cada año le tocaba a un profesor diferente. Cuando los alumnos de otro centro destacaban por encima de las alumnas del Copernicus, a comienzo de curso, el señor Chlebek se reunía con el docente pertinente para darle un ultimátum. Un modo clásico y burocrático de exigir al trabajador una motivación extra que, en muchas ocasiones, se encontraba fuera de su alcance y culminaba con un despido y una renovación de plantilla. El Liceum Copernicus destacaba por no tener a ninguna leyenda viviente bajo las aulas. Todos los trabajadores eran excelentes en su materia pero parecía que ninguno iba a explotar la gallina de los huevos de oro. Las alumnas concebían al profesorado como un enigma sin historial y muchos de los profesores que eran despedidos recibían altas indemnizaciones a cambio de su silencio. Para León no era de extrañar que eso ocurriera. Muchas de las chicas que estudiaban allí eran hijas de celebridades de la televisión, políticos, banqueros y familias con fortunas. La relación entre padres y profesorado era nula y sólo aquellos que lo deseaban, podían ser contactados a través de una solicitud por parte del profesor. Pese a la poca transparencia que había, León nunca tuvo problema con las normas del centro ya que las chicas a las que daba clase, no dejaban de ser adolescentes con hormonas agitadas. Durante las clases, la relación entre ellas era impecable y el trato con los profesores cordial. A León, lo que las chicas hicieran fuera de las aulas, no le incumbía.

—No se preocupe señor Chlebek —dijo el español.— Puede confiar en mí.

—No sabe cuánto se lo agradezco… —dijo el hombre y se acercó a León riendo—. La presión también está sobre mí, no se imagina cómo.

—Mejor que no nos caiga encima, señor Chlebek —murmuró León.

El silencio se hizo en el despacho.

El director se incorporó y León se levantó sin decir nada.

—Que el Señor te proteja, León —dijo el señor Chlebek.

—Que tenga un buen día… señor Chlebek —contestó León y desapareció del despacho. Era la primera vez que el señor Chlebek le tuteaba. León pensó que trataba de decirle algo, una frase entre líneas, pero no supo el qué. Quizá el lugar tuviera micrófonos ocultos, pensó. Él era un profesor de escuela, vulgar y común con los problemas corrientes y existencias de un futuro treintañero tras una ruptura emocional. Un joven formando de nuevo su camino tras el deterioro del pasado. Dio un vistazo a los cuadros del pabellón. ¿Quién formaría el grupo de estudiantes al que tanto miedo le tenía el señor Chlebek?

León cruzó la puerta del aula con la seguridad de un héroe de guerra y los nervios de alguien que asiste por primera vez a un juicio. La sensación de hablar en público frente a un grupo de gente siempre era la misma. Sudor de manos y axilas. A León le gustaba el riesgo, saltar al vacío, aunque fuera de un modo seguro.

Escribió su nombre en la pizarra y se dirigió en español al grupo de doce chicas que, vestidas con falda y jersey verde, miraban sentadas en los pupitres.

—Buenos días a todas —dijo —. Mi nombre es León. Seré vuestro profesor de lengua española.

Las chicas murmuraron. Estaban acostumbradas al trato formal.

Era atípico escuchar a un profesor dirigiéndose así a sus alumnas.

León cogió la lista y leyó los nombres uno a uno, mirándolas fijamente. Le gustaba fantesar con ellas. Las alumnas habían desarrollado sus cuerpos. Mostraban la actitud necesaria para entrar a los clubes nocturnos. Parecían mayores de lo que realmente decían sus documentos de identidad. Exceso de maquillaje, envejecimiento adelantado. En una situación diferente, todas esas chicas podían causar estragos bajo sus vestidos de noche, los perfumes caros y las medias de colores. Sonreían con el rostro de alguien que ya había probado lo amargo de la vida antes de tiempo, aglutinando todas las experiencias de su adolescencia en un verano en Las Azores. No obstante, allí se encontraban sentadas, mirando a León que daba pequeños pasos mientras leía los nombres de las muchachas y levantaba la vista.

—Zofia Komarnicka —dijo.

—Soy yo —contestó una joven con el brazo en alto.

León la miró dos veces. Ella le sonrió. Mantuvo la mirada. Se generó un silencio en la clase. Vio una inocencia falsa y maldita. Lo había visto otras veces en su época de estudiante, en las películas americanas, en los libros de ficción. Lo había escuchado en las canciones protesta, en las canciones de amor y desidia. Reconoció el ingrediente ácido que generaría el caos en ella y en todos los que se acercaran a su persona. La joven polaca tenía aspecto anodino, dulce e inofensivo.

Era bella. Bonita por fuera como si nadie la hubiese herido. El cabello liso y dorado caía a conciencia como un ejercicio ensayado, haciendo una semi circunferencia sobre sus pechos, pronunciados bajo el jersey de lana verde.

Se escucharon risas.

La chica enrojeció apartando la mirada.

León prosiguió con su tarea hasta que fue interrumpido nuevamente.

—¿Qué tipo de nombre es León? ¿Es ruso? —preguntó Zofia.

—Es de mala educación interrumpir —reprochó —. Creo que ya sois mayores para saber eso.

—Lo siento —dijo fingiendo un tono de voz triste—. Es un nombre bonito.

El profesor no supo qué decir.

La joven había sido amable con él. León pensó que quizá el director del centro tenía aquel temor como muchos otros temores que se tienen cuando uno es mayor y pierde la fuerza, el coraje y la determinación, convirtiéndose en un hombre experimentado pero al que nadie quiere escuchar, un ser que teme, atrapado por el poco ego que le queda. Alguien que no tiene nada excepto la fe. Lo más común hubiese sido que un grupo de padres accionistas apretaran los tornillos del viejo de Chlebek con el fin de dar un azote moral a sus hijas.

Caminó veinte minutos por la plataforma, gesticulando

con las manos mientras las envolvía pausadamente en un discurso hipnótico y motivador, aprovechando la belleza de las palabras y la precisión de sus efectos, perforando sus mentes obtusas, llenas de prejuicios; penetrando en ellas con un líquido dorado de sintaxis, deleitándolas con un acrílico literario que las llevó a otro mundo. Al terminar su ritual, las jóvenes apoyaban sus brazos sobre la mesa. León las había seducido sin recordar nada de lo que había dicho ante la sala. Lo había hecho en tantas ocasiones que distorsionaba sus propios recuerdos, cambiando nombres de personas por otras que no existían. El efecto era siempre el mismo.

—Y entonces uno sabe que hay otras formas, que las leyes no están escritas y que una lengua es algo más que un código para comunicarnos —fulminó con las manos en los bolsillos, mirándose los zapatos —: ¿Preguntas?

La campana sonó como en las películas. Las chicas se levantaron de un salto, murmurando, recogiendo sus carpetas. En el centro de la clase, una chica continuó sentada mirando a León fijamente.

Era Zofia Komarnicka.

La chica aplaudió.

—Bravo —dijo —¿Cuántas veces ha hecho esto ya, señor Sánchez?

—He perdido la cuenta.

Zofia colocó una diadema de color verde en su pelo. Llevaba la falda subida varios centímetros de más, lo que permitió al docente contemplar la longitud de sus delgadas piernas. Caminó hasta la primera fila y se dirigió al profesor:

—Me ha encantado —dijo en español con acento polaco.

—Hasta la próxima, Komarnicka —contestó León.

Después la chica salió de clase.

«Umm.» murmuró León en sus adentros.

Siguió con la mirada cómo la falda de la chica se hacía

más pequeña con la distancia, juntándose con el resto de alumnas vestidas bajo el mismo patrón.

El Pabellón 2 era un habitáculo gigante de cuatro plantas con una superficie cuadrada de la longitud de una pista de baloncesto. Un ventanal hexagonal en la cúpula traspasado por la claridad del día y dos vidrieras coloridas y de tamaño descomunal que representaban el nacimiento de Cristo. Los pisos estaban conectados por peldaños alargados de mármol. El Pabellón 2 era el edificio donde las estudiantes comenzaban y terminaban sus estudios secundarios. Todas las estudiantes que se encontraban allí dentro habían firmado una cláusula exclusiva de privacidad bajo la aprobación y la fuerza impuesta por sus progenitores. Siete páginas A4 con formato simple y Times New Roman 9. Él también firmó uno, puede que más ligero, aunque nunca lo sabría. Una de las condiciones era mantener la privacidad y el silencio sobre las tareas administrativas del centro. Cualquier tipo de información que revelase si quiera un simple dato, una coma, una cifra, rompería una de las cláusulas y la persona que lo hiciera, pagaría sus consecuencias. No obstante, a pesar de todo, las chicas hablaban sobre otros chicos de otros colegios, reían, escuchaban música y enviaban mensajes de texto a escondidas. Era como si toda la cortina de humo negro que enturbiaba aquel centro desapareciera cada mañana. Una ilusión, una broma de mal gusto y sin validez que todo el mundo firmaba para sentir la responsabilidad sobre sus hombros.

León nunca se sintió cómodo, pero aprendió a acostumbrarse.

Mateusz, apareció por la puerta del aula apretando el estómago con su chaqueta.

—¿Qué tal ha ido? —preguntó el profesor polaco.

—¿Crees que son libres? —dijo León con la mirada sobre un grupo numeroso de chicas que se aglutinaba en la entrada principal —Dudo que sean conscientes de algo.

—Por supuesto —dijo Mateusz —.Son adolescentes, no terroristas… ¿Vas a casa? He venido en coche.

—¿Una cerveza?

—No puedo. —dijo —He prometido a mi mujer que llegaría pronto.

—En ese caso, vámonos.

Subieron en un Opel Corsa rojo, abandonaron la calle Czerniakowska dejando a un lado el río Vistula y se adentraron en un corazón de la ciudad con las arterias colapsadas por el tráfico de los coches, el transporte público y los repartidores. León encontró discos de música en los laterales de la puerta y una parte trasera destartalada.

Quince minutos después, los dos se encontraban en el coche. El hombre del tiempo predecía lluvia y poco sol. Estaban atascados de nuevo en Marszałkowska, una de las calles más largas de la ciudad.

—Odio conducir por el centro —dijo Mateusz — Lo odio.

—Cálmate. Ha sido tu idea —contestó León jactándose de la situación. Giró el rostro hacia la ventana. Un autobús amarillo ocupó su campo de visión, limitado a las alturas de un hotel y edificios de oficinas. Curioso, observó a la gente del autobús. Sintió familiariadad con una doncella. La chica cobijaba su cuerpo con un abrigo cruzado de paño negro.

La miró fijamente.

No estaba seguro.

La mente de León era un artefacto maravilloso a la par que vil y cruel. En el pasado, había visto cosas que jamás existieron; había creído encontrar a la persona equivocada. Las similitudes se encuentran siempre que uno lo desea, y en aquel momento, él buscaba la suya.

Ella levantó la vista. Sintió sus ojos. León enderezó su

cuerpo.

La chica sonrió. Dejó el libro abierto sobre sus muslos. Mantuvo la mirada. Ella también lo reconoció y disfrutó con ello. En apenas unos segundos, el encuentro fortuito se volvió incómodo, frío y tenso. El pecho de León se infló y su pecho esputó con fuerza, golpeando con violencia. El autobús aceleró. Mateusz cruzó el círculo de automóviles y continuó en otra dirección.

—Déjame ahí —dijo León señalando una parada de taxi, antes de que Mateusz se desviara.

—¿Por qué ahí? —contestó confundido.

—Te lo cuento mañana —dijo y Mateusz asintió a regañadientes.

—Gracias.

León abandonó el coche y corrió escaleras abajo adentrándose en el subterráneo céntrico, sorteando parejas agarradas de la mano, pisando los escalones pares, chocando con las personas que caminaban en sendas direcciones y dando algún que otro empujón. Corrió en línea recta y tomó las primeras escaleras que encontró. Llegó a la parada de autobús que había en uno de los laterales de la rotonda. A paso ligero pero exhausto, dio varias zancadas y no encontró a nadie. Miró en el banco donde estaban los horarios aunque tampoco reconoció a ninguna persona.

«Demonios.» pensó, «¿Qué estoy haciendo?»

Vio a una joven y corrió tras ella.

Después vio su rostro. Se había equivocado de nuevo.

«Demonios, demonios, León.» pensó.

Unas mujeres murmuraron a su espalda.

Dio media vuelta y se metió en el parque de árboles que había junto al Palacio de Cultura. Era la primera vez que sentía una fuerte dosis de adrenalina en los músculos. Quizá fuese la sonrisa malvada de la chica o la mirada perdida pidiendo ayuda a gritos. Pasajes desconocidos para él. León siguió su intuición de un modo irracional, completamente animal. Y le gustó.

Se prometió a sí mismo que no lo volvería a hacer.

No volvería a correr detrás de una joven.

No volvería a pensar nunca más en Zofia Komarnicka.

2

Tras lo ocurrido en el coche, León fue a su casa. Compró dos cervezas y un bocadillo en la tienda 24 horas y pasó el resto del día viendo Mad Men, tumbado en la cama hasta que se quedó dormido con la ropa puesta.

Despertó con un fuerte dolor de cabeza fruto de varios sueños en los que no hacía más que correr. Le dejaron exhausto. Tomó una ducha, después un café y pensó qué iba a hacer en su primer sábado del calendario laboral. Olvidó qué se hacía con ellos a pesar de que llevaba viviendo unos meses solo. La vida en pareja lo había sumido en una espiral de limpiezas de hogar, compras semanales de comida y visitas familiares. Cuando León se sentaba en el sofá gris que tenía en el viejo apartamento, era entonces domingo y Paulina estaba cansada para hacer el amor. Se dio cuenta demasiado tarde de todo aquello. Su relación cambió así como sus sentimientos. León nunca la quiso. Se encaprichó de una idea, de un concepto temporal de la joven que con el tiempo fue desapareciendo. Paulina era tres años más joven que él. Hablaba inglés con un acento tosco y tenía marcas de acné que cubría con maquillaje. Como muchas otras chicas de su edad, poseía un físico envidiable: piernas bonitas, pechos redondos. El color oscuro de cabello negro teñido contrastaba con el azul de sus ojos y la pálida piel. León nunca llegó a aceptar ciertas características de la chica, un pequeño problema que sepultó la relación desde los inicios. Paulina estudió para ser diseñadora de muebles y su sueño fue viajar a los Estados Unidos para vender sus cuadros al óleo. Repetía una y otra vez lo mismo. León comenzó a sentirse molesto con eso. Le importaban muy poco sus cuadros, pero le molestaba fervientemente que su novia parafraseara constantemente a su profesor de historia.

—Él dice que nuestra pintura es necesaria en los Estados Unidos. Los polacos tenemos una sensibilidad diferente —repetía la joven.

—Él sólo quiere acostarse contigo.

León traducía todo en una síntesis muy simple: Paulina era de pueblo y no de ciudad. Para él, vivía en una concepción muy idealista del mundo y siempre lo atribuía a su pasado pueblerino. Se enamoraba de las posibilidades que ofrecía la independencia metropolitana. Así que León cesó sus comentarios y guardó silencio. Los celos y el desinterés forzaron a que la convivencia tomara un camino diferente. Paulina encontró trabajo en un departamento de diseño. Él logró una plaza en la escuela. Ella siempre se avergonzó de que fuera un escritor no publicado. Nunca se lo dijo. Él pensó que ella era una artista pésima. La convivencia resultó muy difícil para dos personas que concebían el arte de modo diferente. Los artistas y sus egos malcriados. Las visitas familiares cesaron. Hacer el amor pasó al sexo más sucio, elemento que amortiguó la caída. León descargaba en ella su tensión a final de semana, a veces, dejándola aturdida durante minutos. Paulina lo insultaba, después lo besaba. No se querían, ambos lo sabían, pero tampoco querían estar solos. Paulina pasó del silencio al dolor y de ahí a las lágrimas. Criticaba fuertemente a León por su posición como hombre. Antes de la escuela, él impartía clases particulares y escribía por las tardes. Ella se avergonzaba de todo lo que León no sabía hacer y lo comparaba con su padre, su hermano o cualquier hombre de la familia de la joven. A León comenzó a molestarle todo aquello.

—No me hace más hombre saber reparar un grifo —decía.

Después lo criticó por ser profesor de escuela. A diferencia de otras relaciones, el punto y final llegó de forma natural, como un parto, como una burbuja que sube hasta la superficie del agua y explota. Unos meses antes del nuevo curso el Liceum Copernicus, León regresó a su apartamento de Powiśle en tranvía. Frente a él, una pareja, no más jóvenes que él, hablaba. Ella rubia y él moreno. Los observó, cómo se miraban, y lo entendió todo.

«Demonios. ¿Qué estoy haciendo?» pensó.

Aquella fue la última vez que durmió en el viejo apartamento. La última noche sobre el sofá gris en el que tantas veces se sentó para ver Downtown Abbey los domingos.

La mañana del sábado transcurrió como una página en blanco. Decidió aprovechar el sol de la calle. En las columnas publicitarias había carteles electorales. La ciudad de Varsovia se preparaba lentamente para un proceso invasivo. La política y el despilfarro económico. León se fijó en las mujeres que representaban los partidos pequeños, aquellos que no tenían más espacio que un DIN A4 en las paradas de autobús. De nuevo, el tipo de pelo canoso, con rostro endurecido, aparecía en una cartelera en plena calle. El partido ultraconservador se jugaba la vuelta al poder. Dio un vistazo a la mirada del candidato. Deletreó su nombre mentalmente. Roman Komarnicki.

Se atragantó y emitió un ruido nasal.

Entró en una cafetería, pidió un café y se conectó a internet desde su terminal. Comprobó el e-mail y encontró un correo de un agente literario. Rechazaron sus propuestas en más de diez ocasiones, pero él no desistía. El agente literario escribía desde Barcelona.

—Nos ha gustado mucho tu propuesta. Es una novela muy interesante… —leía, con el corazón en la garganta. Las negativas nunca eran bien recibidas. —: Sin embargo, necesita algunos cambios, pero tienes talento. Hemos encontrado a una casa editorial interesada en publicarla…

León dejó de leer y disfrutó del momento de euforia. Los camareros lo observaron. Miró en la agenda de su teléfono y pensó en llamar a alguien. El número más reciente era el de Paulina. León no tenía muchas opciones.

«Siempre fui más que tú.»

Envió un mensaje de texto a sus padres. Volvió al número de Paulina y pensó unos segundos si llamarla o no. Entonces el número de la joven aparecía bajo el nombre de NO COGER.

«Voy a publicar la novela. Me han ofrecido un contrato.» escribió y envió el mensaje.

Continuó mirando el resto del correo. No le gustaba mentir. Leyó varios boletines de noticias, miró las noticias y entró en Facebook. Tenía varios mensajes sin leer. Paulina le enviaba un toque. Abrió la mensajería privada y leyó un mensaje de una chica que había conocido en una fiesta con su ex novia. Anna Jankowska, 22 años, pelo corto, gafas de pasta negra y ojos pequeños. Para él, nada especial. No le llamó la atención por su físico, pero tenía un recuerdo agradable de ella. Anna era poeta y trabajaba en Gazeta Wyborcza, en la sección de cultura. Ganaba lo suficiente para pagar una habitación en el barrio Praga norte, al otro lado del Vístula.

—Hola León, ¿qué hay? —había escrito la joven.

Pensó que la chica tenía interés. Abrió su perfil. León recordó su conversación. Paulina le introdujo a Anna y a su novio. Ambos eran compañeros de facultad.

—Lo siento por lo de Paulina —escribió poco después —. Maciej y yo también lo hemos dejado.

—Vaya. Yo también lo siento.

—No funcionó.

—Lo nuestro tampoco. Estaba muerto —contestó León. Ambos necesitaban ser escuchados.

—No quiero parecer atrevida —escribió —, pero me pregunto si haces algo hoy. Tengo que cubrir una exposición de arte y odio ir sola. Sin compromisos, ya sabes.

—¿Crees que ya se han acostado? —preguntó León.

—¿Quiénes? —dijo Anna.

—Maciej y Paulina.

—No sé —escribió la joven e hizo una pausa —. Espero que no. No quiero pensar en ello.

—Lo siento.

—Olvídalo. ¿Vienes?

León no tenía plan. Anna Jankowska, 22 años, monturas y despechada. Al menos, más correcto que correr detrás de adolescentes.

«No tienes por qué hacer nada.» se dijo.

—Sí —dijo y escribió su número de teléfono—. Dime hora y lugar.

«Necesitas relacionarte.» se dijo.

Guardó el teléfono. No pensó en cambiarse de ropa porque sería algo casual. Decidió jugar a ser él mismo, auténtico. Limpio y perfumado, el repertorio de prendas se limitaba a tres camisas, un abrigo, dos pares de vaqueros de pernera estrecha; una americana, calzoncillos de tela, calcetines de algodón monocolor o de lana con rombos cruzados, y un par de zapatos de color marrón. Eso era todo. Un fondo de armario selecto y limitado a una maleta de viaje. Era la imagen de esos personajes de televisión que siempre aparecían con la misma indumentaria. Clásico en ideas. No aprobaba los cambios. Ni las sugerencias externas.

—¡En las ciudades grandes, la gente no recuerda qué llevas puesto! —gritaba una de tantas veces a Paulina.

Dos chicas se encontraron en la cafetería. Una de ellas se levantó y abrazó a la otra. León alzó la vista. Se conmovió un poco. Hacía tiempo que no recibía un abrazo. La chica dejó sus cosas sobre el sillón y caminó hasta la barra para pedir. La otra estaba sentada, vestía un gorro y dejó un libro sobre la mesa. Admiraba a Philip K. Dick. No pudo ver su rostro, se encontraba de espaldas todo el tiempo. Tenía el pelo recogido en una coleta. El abrigo de la chica cayó del sillón. León caballerosamente le advirtió de ello.

—Disculpe… —dijo con el abrigo.

—¡Oh! Gracias señor… ¿Sánchez? —contestó la joven.

—Sí —dijo entrecortado—. Vaya.

La alumna rió. León tomó distancia. Era imposible ante

la mirada acristalada de la chica. Llevaba una falda negra. Sus brazos delgados y finos, sin arañazos ni cicatrices, parecían suaves.

—Sí —dijo ella enrojecida.

—No le molesto más —dijo él —. Disfrute de su lectura.

León se retiró a su mesa.

—¿Quién era ese hombre? —dijo la amiga.

Zofia cambió de sillón.

León, nervioso, se levantó de un salto, cogió su abrigo y salió de la cafetería sin decir adiós.

En la calle llovía. Caminó hacia la rotonda central y se cobijó en el subterráneo. Comprobó el teléfono. Tenía un mensaje de Anna con la dirección del lugar. No supo manejar la situación como un adulto.

En la pantalla del teléfono de León estaba la dirección.

Escribió OK y caminó hasta el tranvía. No se podía engañar a sí mismo. Había salido de una relación y tenía que enfocarse en su trabajo y no en una adolescente hormonada. Pensó en las palabras de Paulina, pidiéndole que creciera de una vez. Recordó a todas las mujeres que le gritaron. Él no era un príncipe o un héroe. Tan sólo el infame maldito profesor de lengua.

León tomó el tranvía y vio la Avenida Jerozolimskie frente a él.

«Actúa como un hombre. Emborráchate, acuéstate con Anna y olvídate de todo.»

Miró al cristal humedecido por la lluvia.

«Haz de tu vida algo que puedas contar mañana.»

León acompañó a Anna a la exposición de arte que le prometió. Quedaron en la puerta de una famosa cafetería y caminaron varios metros rompiendo el hielo con una conversación banal. No se conocían de nada y, aunque se había formado como un encuentro casual, todo apuntaba a una cita. A León le gustaban las citas, al menos, las citas de ese tipo, las citas que lo hacían partícipe de la trama de una película o una novela corta.

La galería se encontraba en un viejo edificio, un bar de copas con una sala de conciertos. Subieron hasta la segunda planta. Anna era periodista pero lo escribía todo en un teléfono. Tomó varias fotos del lugar mientras León caminaba por los pasillos sin mucho interés. La obra destacaba la sexualidad abierta. En todos los cuadros había formas fálicas y gente practicando sexo. León se detuvo ante la imagen de una mujer embarazada practicando sexo con dos hombres.

—¡Joder! —dijo.

Anna rió.

—¿Qué? —contestó Anna. Los dos miraban la obra —: ¿Por qué te sorprende?

—No me parece ético.

—¿No te parece ético que una mujer encuentre el placer?

—Lleva un niño dentro.

—¿Qué importa? —dijo ella —. El niño está a salvo.

—Estas cosas le afectarán.

—¿En serio?

—Sí —dijo él.

Los dos compartían visiones diferentes del mundo.

—¿Y qué piensas de los homosexuales? —dijo señalando a dos hombres que había en otra foto.

León miró sin reacción.

—Nada.

—Tienes que tener una opinión.

—No.

—Porque eres un retrógado.

—Soy un retrógado porque no me gusta ver cómo dos hombres se follan a una embarazada.

—¿No has pensado que es ella la que los utiliza?

—En fin –dijo terminando con la conversación —: ¿Podemos continuar? Empiezo a tener hambre.

El ataque intrusivo de Anna no lo estresó. León aprendió

a dejar su ego a un lado para no perder el rumbo de la cita. Sólo quería pasarlo bien. La conversación fue interrumpida por el eco musical que venía del pasillo. Siguieron la música hasta una habitación. León no tenía interés en el arte visual como forma de expresión. Sin embargo, sabía que por sus círculos siempre se movían jóvenes bellas diferentes, en apariencia, al resto, que creían entender la visión del modo de otro modo, y que al final, lo que buscaban era un hombre con el que desfogarse y probar cosas diferentes.

Anna era un ejemplo.

León abandonó la habitación. Dejó a Anna y al resto. Compró una botella de cerveza y salió al balcón a tomar el aire.

No se podía quitar de la cabeza a Zofia.

Comenzó a sentirse sobrecargado.

Necesitaba hablar con alguien que lo escuchara y le diera un golpe en el hombro. Saber que todo saldría bien, que se aclararía y la luz del túnel aparecía en algún momento.

«Demonios, qué desastre.»

Dio un trago de cerveza. A los pocos minutos sintió la pelota en su cabeza, un desequilibrio leve y pensamientos obtusos que entraban y salían.

«Estás borracho. La vas a cagar otra vez.»

Se apoyó en el balcón mientras observaba el cielo de Varsovia y a unos tipos que lo acompañaban a lo lejos, desde el primer piso, sentados en bancos de madera en el patio interior del local. Tenía que parar todo aquello. Era una locura obsesionarse por una menor de edad. Por mucho que intentara digerir la idea, todas las consecuencias apuntaban a un final desastroso. Pero la atracción por lo puro, ser el primero en algo, ser quien destruye la inocencia de alguien, era una cantidad de poder que resultaba más que excitante. León comprendía que la mayoría de hombres, una vez pasada la veintena, se resignara a practicar sexo con chicas vírgenes mayores de edad, sobre todo, si eran estudiantes universitarias. La mayoría de edad acababa con todo. El hecho de no poder cometer una acción, obliga a desearla con todas las fuerzas, más si el castigo es mayor. Muchas mujeres adultas soñaban por volver a esos años. Mentes frágiles y pasionales, inocentes y enamoradizas, porque aún no habían experimentado el suficiente dolor para tomar las decisiones oportunas. Y no estaba permitido que un adulto aventajado tomara parte de aquel festín. No obstante, León, como muchos otros adultos que trabajan en las escuelas secundarias, se sentían tentados a entrar en derroteros del diablo. En aquel caso, además de la pérdida de trabajo y el hecho de llevar una relación a escondidas hasta que ella cumpliera la mayoría de edad, León estaría expuesto a ir a la cárcel.

Era el único perdedor en esta historia, y una vez cometido el delito, nadie lo defendería.

«Eres un perturbado mental. Deberías estar en la cárcel.»

Necesitaba relacionarse, eso era lo que necesitaba. En otras palabras, practicar sexo con chicas de su edad y así olvidar a Paulina. Zofia era el clásico síntoma de la obsesión por la primera chica que llamaba a su puerta, que le seguía el juego, y que en esta ocasión se reforzaba al ser un ideal imposible. La soledad y el silencio, mezclados con el alcohol, mejunge explosivo de divagaciones sin rumbo.

—¿Qué haces aquí? —preguntó Anna.

—Necesitaba un poco de aire —dijo con la cerveza en la mano.

—Lo siento si te he molestado antes —contestó—. No era mi intención.

—Bah, olvídalo —dijo sonriendo—. Supongo que me estoy haciendo viejo.

Los dos salieron de allí y León comenzó a poner más

atención a Anna cuando se fijó en su trasero y en las piernas delgadas que lucía al caminar. Tomaron el metro y bajaron hasta Plac Zbawiciela, una plaza con un arcoiris de flores. Centro de reunión de artistas a medio camino, de los jóvenes de camisas vaqueras y niños adinerados. Se podía considerar el Notting Hill varsoviano, el barrio 'hipster', donde abundaban las cafeterías y los locales de comida extranjera. Un bistró de imitación parisina, en el que desayunaban emparedados de queso y rúcula y bebían vino peleón, o el Plan B, el bar de los tatuados con zapatos de Frankestein.

Anna y León entraron en un vietnamita y pidieron tallarines con 'saigonki'.

—La relación con mi trabajo es de amor y odio —explicaba Anna bajo sus gafas negras, con las rodillas cruzadas. Las mesas eran pequeñas y estaban sentados uno frente al otro. Accidentalmente, León sintió cómo su pie rozaba la espinilla de la joven —: Me encanta lo que hago, pero desde que estoy sola, necesito más dinero para mantener mi estilo de vida, mis necesidades.

—¿Estilo de vida? —preguntó León.

Cada palabra que Anna esputaba parecía una pose aburrida y preparada.

—Sí, ya sabes… —dijo —. Comprar libros, música, ropa, arte… Tengo que estar al día. Consumo mucho en internet, pero no es lo mismo, me sigues… ¿Verdad? Hablo de poseerlo, de tocarlo. Que entres a mi apartamento y puedas definirme por lo que consumo, por la música que escucho, por las obras que he leído o las películas que he visto. Una radiografía propia, un mosaico de principios. Que no tenga que explicarte yo quien soy. Eso dice mucho de mí, te lo dice a ti cuando entras a mi casa y eso me hace saber quien soy cada día.

—Interesante… —dijo León con un rollito de primavera en la boca.

Las palabras de Anna parecían sacadas de internet. Autoconvencerse de ser algo diferente —: ¿Quién me asegura que has consumido todo lo que tienes?

Anna se quedó bloqueada.

Dio un sorbo del refresco de naranja.

—Es una cuestión de congruencia, ¿no crees? —dijo ella.

—Tal vez.

—¿Tú eres escritor, verdad? Maciej me lo dijo — preguntó.

—Sí, eso pretendo —dijo riendo.

—¿Tienes algo publicado?

—Aún no —comentó a regañadientes —. Estoy en ello.

—Me encantaría leer lo que escribes —dijo ella jugando con el tenedor sobre el plato —. Tiene que ser interesante leer lo que escribe una persona que conoces.

León interpretó el comentario como un cumplido. Tenía que actuar y mover la acción a otro lugar antes de que la transición del momento los llevara al declive y a cada uno de vuelta a su apartamento.

—¿Una cerveza? —dijo León.

Anna lo miró por encima de los cristales poco convencida.

—No sé. Tengo que escribir el artículo para mañana — dijo excusándose. Sólo fingía no parecer desesperada.

—Yo invito —dijo con su mano sobre la mano de la chica.

León y Anna tuvieron tiempo para visitar varios de los bares que había por la zona. El alcohol corrió y lo que iba a ser una cerveza pasó a varias copas que dieron lugar a conversaciones demasiado profundas. Él bromeaba con ella, atacando desde la perspectiva de un ego que estaba por encima de la joven. Ella se sintió intimidada por la confianza que León desprendía y la actitud macarra y desvergonzada que ocultaba bajo la americana. Ebrios pero estables, pasearon hasta la Plaza de la Constitución y cerca de un restaurante de comida checa que estaba cerrando, León sacó su teléfono y pidió un taxi.

—Estás loco —dijo ella con una sonrisa —. Aún no me puedo creer que golpearas a ese idiota. Y es que León había tumbado por la espalda a uno de esos jóvenes tras tirar a Anna al suelo de un empujón, mientras esperaba en la cola del baño —: Eres como el Zorro.

—Te he salvado la vida.

Ambos rieron. La noche era fría.

—Ha estado genial —comentó la joven —. Deberíamos repetir.

—Sí —dijo él y la miró a los ojos. A la boca.

Ella estaba ahí, cada vez más cerca.

Segundos de silencio.

León la besó.

El encuentro culminó con una noche de sexo en el apartamento 166 del número 35 de la Calle Świętokrzyska.

Tras un mal sueño, León apartó los pesados brazos de Anna, se miró en el espejo del armario, observó la habitación, orinó en el baño y se lavó el rostro con agua fría. Después regresó, se vistió, y pidió a Anna que se marchara, ofreciéndole un billete para que tomara un taxi.

—No necesito que me expliques nada… —dijo la joven, cogiendo el billete y guardándolo en su bolso —. Antes de marcharme, quiero dejar claro que he sido yo quien ha decidido acostarse contigo.

—Tú… y yo —dijo él —. Los dos.

—No —contestó ella —. He sido yo, y que sepas que te he utilizado, que no me interesas y que eres un retrógrado. Lo único que buscaba era echar un polvo.

—Lo siento, de verdad —dijo y cerró la puerta delante de Anna.

León se echó las manos a la cabeza y miró desde la ventana la ciudad de Varsovia. Una panorámica en miniatura. Lo había intentado, se había convencido, pero ni siquiera el sexo le pudo ayudar. Quizá ya era demasiado tarde.

«Demonios, en qué me estoy convirtiendo.»

3

Las clases comenzaron en el Liceum Copernicus. La vida en la ciudad volvió a la normalidad. León tomaba un autobús todas las mañanas que lo dejaba a escasos metros de la escuela. Las primeras semanas transcurrieron sin ningún tipo de incomodidad para el profesor. Sabía cómo separar la vida profesional de los sentimientos personales. Zofia actuaba con normalidad ante el resto de sus compañeras, hacía los ejercicios que León mandaba para casa y procuraba no sobresalir.

Su obsesión no cesó en ningún momento. Que la joven lo ignorara mientras hablaba con otras compañeras, le molestaba aún más.

La mirada de Chlebek tras el cristal de la puerta, servía como analgésico para olvidar durante unas horas, las mariposas que volaban sobre su cabeza.

No fue hasta la llegada del otoño cuando León bajó la guardia.

Un día León recibió un mensaje de Anna en el teléfono. La joven apareció en su apartamento, fingiendo haber olvidado algo de su bolso que nunca lograron encontrar. Tuvieron sexo, y el encuentro esporádico derivó en numerosos encuentros casuales sin explicaciones.

Una o dos veces por semana, ella aparecía y fornicaban como animales en todos los rincones de la habitación. León se sentía mejor. Le ayudaba a eliminar de sus pensamientos a Zofia.

Acostarse con Anna le producía placer. No le interesaba la joven y temía que tarde o temprano acabara sintiendo algo por él. Siempre ocurría. Siempre es uno de los dos el que miente, hasta que no puede seguir, y entonces el corazón se resquebraja, sangrando lentamente por los golpes de la otra persona. Una tarde, tras acostarse, Anna abrió una lata de cerveza y encendió un cigarro. León aún se encontraba en la ventana con los botones de la camisa desabrochados.

—Hemos terminado, ¿verdad? —dijo ella dando un trago.

—Sabías que podía ocurrir.

—No tienes por qué darme explicaciones —dijo y dio una bocanada de humo—. Fue divertido.

—Sí… —contestó—. Me alegra que te lo tomes tan bien.

—¿Cómo? —preguntó. León la miró a los ojos con una sonrisa —: No pienses que me he enamorado de ti, no seas tan engreído.

—Será mejor que te vayas, Anna.

—¿De verdad que estamos teniendo esta conversación, León?

—¿Qué esperabas? Los dos sabíamos que esto terminaría. Te dije que no tuvieras sentimientos hacia mí, que te mantuvieras al margen… Tú ya no disfrutas, ahora sufres. Lo noto en tus manos, en la forma en que me miras, y para mí no es fácil, no es nada fácil acostarme contigo sabiendo que te estás enamorando. Así que pienso que es lo mejor.

Anna tenía los ojos vidriosos, el corazón en un puño y en el otro una cerveza con un cigarrillo.

—¿Quién es? —Preguntó haciendo un esfuerzo por no derramar una lágrima frente a León. Dio varias caladas al cigarro —: Porque es obvio que hay otra.

—¿Qué te hace pensar eso? —Preguntó.

—Porque eres un cretino. Eso es todo. ¿Acaso crees que

eres el único que se da cuenta de las cosas? Sé que nos acostamos porque no quieres estar solo, porque necesitas tirar toda la mierda que llevas dentro. He conocido a varios como tú, y siempre es la misma historia. Vosotros no queréis una relación ni conocer a nadie. Sólo os podéis querer a vosotros mismos. Sois vuestro único examen y la única persona a la que queréis escuchar. Necesitáis follar y tratar a alguien como si fuera un filete, tener algún gesto caballeroso para no sentiros miserables. A algunos se os va la cabeza a otro lado, otros sabéis cómo mantener la compostura. Aún no he tenido tiempo para saber qué tipo de psicópata eres, pero tengo claro que no eres una excepción. Desde la primera vez que nos acostamos, supe que mi vida sería un drama si seguía contigo, pero decidí continuar, darte una oportunidad, convencerme de que serías distinto aunque la intuición no me fallara, intentando creer que tras ese rostro hay una persona con sentimientos aunque no sepas lo que es sentir, porque yo también soy una persona y tengo mis necesidades, porque yo tampoco quiero estar sola y prefiero dormir caliente en la cama aunque sea con un imbécil que sólo piensa en sí mismo. He intentado convencerme de que tú podías ser esa persona, estando dispuesta a quererte y aceptarte como eres, pensando que algún día podrías ser otro. Lo he intentado tanto que he acabado sintiendo algo por ti.

León se giró y la miró a los ojos. Anna estaba sentada en el sofá, ajustándose las medias. Él dio varios pasos y cogió una cerveza. La abrió, dio un trago y volvió a mirar a Anna.

—Das pena. Eres patética —dijo —. Lárgate.

Quizá Anna no conocía demasiado a León. Odiaba la crítica y mucho más si era él quien estaba siendo juzgado. En lo más profundo de su persona, reconoció que Anna tenía algo de razón. León no la quería y no la podía querer, igual que le pasó con Paulina, pero nunca se desmotivó por equivocarse de mujer. No obstante, entendió que Anna hablara desde el rencor, el odio y el dolor de un corazón que se había llevado dos decepciones en muy poco tiempo.

Anna, asustada, cogió sus pertenencias y salió del apartamento prometiéndose no volver jamás. Él no hizo nada para detenerla.

Aquella misma noche, León decidió salir a dar una vuelta. Quería divertirse, ver a personas desconocidas. Tan sólo quería tomar una copa rodeado de gente. Caminó por Marszałkowska dejando a un lado el Palacio de Cultura, oculto bajo la noche, guardando un halo de misterio entre sus pasos, sonriendo a las chicas que se dirigían a los bares de fiesta fumando cigarrillos finos. Se adentró en el corazón del centro hasta llegar a Nowy Świat, la calle que no dormía, donde siempre había un bar abierto. Todo lo que León necesitaba estaba allí. Hizo varias llamadas a números que tenía en su teléfono y a los que no ponía rostro. Eran amigos de Paulina.

Eran amigos de su ex novia.

Él no era nadie para ellos.

Entonces contestó alguien, era Konrad, un viejo amigo de Paulina.

—¿Qué hay? —dijo.

León sabía que Konrad era una de esas personas a las que nunca podía pedir un favor porque jamás se acordaría de él. Konrad tuvo varios pequeños éxitos en Youtube, aparecía en televisión, en anuncios de telefonía, en bebidas energéticas. Konrad era famoso, pero ninguna chica quería ser la mujer de un payaso de internet. Por eso, odiaba su vida. Había hecho de su vida un desastre y bailaba en una espiral que intentaba comprar con dinero a todo el que estuviese a su alrededor. León supo que se alegraría de verlo, aunque fuese por unos segundos.

No tenía opción.

—Club Powiększenie —dijo.

León preguntó por la dirección, se introdujo en un laberinto de callejones y llegó hasta una vieja casa de varias plantas. Era allí. Observó la cola que había en la puerta.

«Toma una copa y te largas. Te vendrá bien.»

Pagó la entrada y cruzó el salón principal. Unas escaleras llevaban a una planta inferior. En el salón principal había mesas con gente que bebían cerveza, en general jóvenes borrachos y parejas besándose, cruzando lenguas. Al final del salón, tras las escaleras, un pinchadiscos ponía clásicos del rock. León dio una vuelta de reconocimiento, pero ninguna chica se interesó por él.

Pidió una cerveza, cuando alguien lo alcanzó por detrás.

—Hola —dijo una voz femenina.

«Ha sido fácil.»

León se giró.

Zofia estaba frente a él.

Algunos centímetros más alta, con un vestido ceñido a rayas de una sola pieza que llamaba a la vista.

—¿Qué haces aquí? —Preguntó León confundido bajo el ruido ensordecedor de la música.

Zofia sonrió bajo las luces de colores de los focos. Su profesor no podía decirle nada. No tenía ningún tipo de autoridad sobre ella.

Parecía más adulta. Quizá fuese el exceso de maquillaje o los tacones. León comenzó a sentirse tentado.

—Señor Sánchez, ¿está solo? —Preguntó ella omitiendo las palabras de su profesor.

—Esta noche puedes tutearme —dijo él nervioso. Ella sonrió —: Supongo que no servirá de nada.

—No mucho… ¿Nunca tuvo mi edad?

—Sí.

—¿Por qué se asusta, entonces?

—Por las cosas que hice.

—¿Qué hizo?

—Eso no importa —dijo —. ¿Por qué no vas a bailar?

—Sorpréndame —dijo Zofia.

La joven flirteaba con él. Sentada sobre un taburete junto a la barra, León podía ver dos largas piernas que gritaban su nombre. Zofia jugaba con sus brazos para acercarse más al profesor. Sabía cómo comportarse —: ¿Me puedo tomar una copa con usted?

—No —dijo —. No puedes.

—No debe estar solo.

—Tus amigos te están esperando, Zofia —dijo —. ¿No crees que es demasiado peligroso hablar con un adulto?

—¿Por qué? —preguntó —. Somos dos adultos, hablando en un bar. No va a pasar nada.

León rió. Tensó la espalda. El calor subió por su cuello, la sangre hervía y el corazón latía con rapidez. Zofia jugaba a ser seducida y León no podía negarse, pero algo lo detenía.

—No, Zofia, no te voy a hacer nada —confesó—. Será mejor que te vayas.

Su cuerpo parecía un satélite espacial enviando señales. La estudiante de pelo rubio y piernas largas, tocó el brazo de su profesor y se acercó lentamente antes de marcharse.

—Estaré abajo, profesor. Si cambia de opinión, sabe dónde encontrarme.

—Buenas noches, Zofia —dijo él sin mirarla a los ojos.

Zofia abandonó la sala y bajó las escaleras observada por los buitres que caminaban a su alrededor.

León estaba borracho. Tenía dos opciones y una de ellas era ir allí abajo. Pidió otra cerveza y mantuvo la mirada en las escaleras esperando que la chica saliera para evitar la masacre.

«No seas imbécil. No lo hagas.»

Desafortunadamente, estaba demasiado borracho para pensar con claridad. Se adentró en el pasadizo que lo llevó al nivel inferior, una sala con música electrónica y gente apelotonada. Dos tarimas laterales donde grupos de chicas bailaban con chicos y otra barra. León dio un barrido buscando a la chica de rayas. Allí la encontró. Se adentró entre la gente, deshaciéndose de los que le impidieron el paso a base de empujones. Se introdujo en un círculo vacío donde se quedaron los dos.

Zofia bailaba sola, ambientada por el humo que salía de las lámparas y las luces de colores. León se acercó unos centímetros a ella. La joven se contorneaba más y más, con posturas imposibles, moviendo las nalgas como si se tratara de una danza previa al coito. León tomó ventaja de su altura. Acercó su rostro al de ella. Zofia puso una mano en el hombro del profesor y acercó su cuerpo a él. León se dejó llevar por la música mientras los dos bailaban entre una multitud desconocida, embriagados por el colorido espectáculo y la musicalidad de la noche. Los rostros de ambos se juntaron. Sus labios se rozaron. Primer intento. Él sintió el perfume de la joven. Con el tacto de su labio superior, pudo comprobar que estaba en lo cierto, que su piel era perfecta, suave y dulce para ser lamida. Zofia cerró los ojos. Las bocas se juntaron y se dieron un pequeño beso. De repente, León los separó de un golpe seco, agarró su brazo y salieron hasta un pasillo que llevaba a la parte exterior.

—¿Qué coño haces, Zofia? —preguntó, con las manos en la cabeza —. ¡Soy tu profesor!

—No sé, lo siento, ¿vale? Pensé que…

—¿Qué pensaste? Prefiero no saberlo —dijo León y se sentó en la escalera.

Zofia sacó un cigarrillo de su bolso y lo encendió.

—Pensé que tú también… —dijo la chica —. Mierda, estoy haciendo el ridículo, delante del profesor de lengua.

León rió y se relajó al comprobar que ella estaba más nerviosa que él —: ¿De qué te ríes? No es gracioso. Lo estoy pasando muy mal en estos momentos. Me siento como una niña.

—Es lo que eres, Zofia —dijo León —. Ha sido mi culpa. Podría ser tu hermano mayor. No tendría que haber bajado, menuda cabeza. No sé en qué estaría pensando...

—En mí —dijo ella.

León arqueó las cejas.

Zofia se sentó junto a él.

Las piernas le temblaban de frío —: Estabas pensando en mí, ¿verdad?

Y se hizo una pausa. León tomó consciencia del momento. No esperó que llegase tan pronto. Tiritando, con un cigarrillo medio apagado en la mano y las uñas negras del esmalte, Zofia lo miraba a los ojos esperando una respuesta. Un billete de avión directo a la incertidumbre. Perdería a la chica para siempre. Ponderó todas las posibilidades. La intuición le comunicó que no lo hiciera. Zofia era un foco absurdo de problemas del que no se aburriría porque tampoco le dejaría dormir.

León levantó la barbilla y acarició el rostro con los dedos.

—He pensado en ti desde que saliste de mi clase.

Zofia se sonrojó. León se dejó llevar por sus palabras. Regresaron al club, cogieron sus abrigos y salieron de allí. Eran las tres de la madrugada y la gente había desaparecido. Taxis recorrían las calles arriba y abajo en busca de una carrera nocturna. León y Zofia anduvieron por las estrechas callejuelas de suelo empedrado hasta llegar de nuevo a la Avenida Jerozolimskie. Las pisadas de los zapatos, el ruido de los coches y el silencio de la noche

—¿A dónde vas ahora? —preguntó Zofia.

—A mi casa ¿Dónde si no? —dijo León.

—¿Vives lejos?

—No —dijo él con tono jocoso—. ¿Dónde vives tú, Zofia?

—Konstancin.

—Lo suponía.

—También piensas en tus alumnas somos niñas consentidas con una duda existencial eterna, ¿verdad?

—Yo no he dicho eso.

—Bueno, algunas lo son más que otras —explicó—. Odio que me clasifiquen. Ni siquiera elegí la familia que tengo…

—Por supuesto. Siempre la puedes cambiar —dijo León.

—¿También puedes cambiar a tu familia?

—No sé —contestó cuando llegaron a las escaleras que se adentraban en el subterráneo circular —. Será mejor que cojas un taxi.

—Mi tren sale en una hora —dijo—. Iré caminando hasta la estación.

León se sintió responsable. Por la noche uno se exponía a cualquier situación, sobre todo alrededor de la estación de tren central.

—Puedo acompañarte —dijo él.

—No quiero ser una carga… —dijo la joven.

—No creo que esto pueda empeorar más.

—¿Tienes hambre? —preguntó ella.

Caminaron hasta la estación. Durante el paseo, la conversación no trascendió de temas triviales. Una transición fría sin ausencia de silencio. León se planteó varias veces qué hacía allí y cómo había llegado a tal situación. A veces desconocemos el impacto de las acciones más insignificantes.

—Lo siento —dijo él —. Todo esto me supera. Eres una estudiante, yo soy tu profesor. Y lo peor, eres una menor. ¿Qué pasaría si alguien nos viera?

La joven se rió delante de él.

—Relájate, León. A estas horas tus alumnas están en la cama y creo que tus colegas, también —explicó—. No tienes que preocuparte. Ya no soy una menor.

—¿No?

—No. —contestó Zofia.

Él suspiró profundamente. Se quitó un cadáver emocional de encima.

—No sabes cómo.

Zofia aún tenía tiempo. La estación central estaba conectada por un laberinto subterráneo de pasillos con tiendas y kioscos y por los que deambulaban borrachos y vagabundos a altas horas de la mañana.

—Por aquí… —dijo ella.

León miró a su reloj de pulsera y resopló.

—De verdad, Zofia —dijo —. Tengo que irme.

—Venga, hazme compañía, por favor —dijo —. No me siento segura.

Bajo el tejado de la estación central de trenes de Varsovia, Zofia tenía la mirada iluminada como el cielo raso de la noche momentos antes del amanecer. Levantó la barbilla e inclinó los pies, sugiriendo fortuitamente un momento íntimo.

León la miró.

—Prométeme una cosa —dijo él con seriedad.

—Lo que quieras.

—Prométeme que cuando me despida esta noche, no hablaremos de esto jamás —dijo —. Mis palabras nunca habrán sido pronunciadas. Esto nunca habrá ocurrido y tú y yo sólo tendremos una relación escolar. No coquetearás conmigo. Tienes que prometerlo o de lo contrario no subiré contigo esas escaleras.

—Está bien —dijo Zofia.

—¿Ya?

—No —explicó —. Tú me tienes que prometer algo también.

—¿Qué?

—Prométeme que antes de que todo termine, me besarás si realmente sientes algo por mí, porque así lo podré recordar para siempre, te podré llevar conmigo, y esperaré a corresponderte hasta el día en que me vaya para siempre. Tan sólo eso. Dime que lo harás. Si no lo haces, me convenceré de que no fui más que un capricho adulto y te olvidaré.

León no supo qué decir. Era lo más adulto y bello que había escuchado en mucho tiempo. Paulina le pidió que dejara de fumar y así lo hizo. Fin. Esa era toda promesa a la que León aspiró en su vida. Sin embargo, las palabras de Zofia tenían una tesitura diferente.

—No te puedo prometer eso.

—Entonces, no vengas.

—Zofia.

—Adiós, León.

La chica se alejó lentamente. León dio un paso y la cogió del antebrazo. La chica se giró y sonrió estirando los labios.

Subieron a la cafetería que había abierta en la estación. En una de las mesas junto a la cristalera, desde lo alto, iluminados por un colorido juego de luces de la calle, hablaron de películas, de gustos generales, de anécdotas y pasiones. León habló más que Zofia, que lo escuchaba con la cara apoyada en las manos como hacía durante sus clases. Tuvieron una conversación trivial como en toda primera cita sin dejar a un lado el coqueteo. Por un momento, la diferencia de edad quedó en un segundo plano y ambos se comportaban como dos personas que estaban teniendo un buen rato. Nadie los observaba excepto los empleados que rondaban por allí recogiendo basura. La relación profesor y alumna era cosa del pasado pero ambos sabían que el final del encuentro estaba cerca.

—Esto es una locura —dijo León —. Sin embargo, aquí estoy.

—¿Nervioso?

—En absoluto.

—¿Puedo preguntarte algo? —dijo ella dudosa.

—Adelante.

—¿Me habrías besado si hubiese sido otra?

León se rió.

—No lo sé —contestó él —. Supongo que sí, si no hubieses sido una alumna.

En el rostro de Zofia se dibujó una sonrisa.

—No está todo perdido, ¿verdad?

—¿Sabes cuántas historias como esta han acabado mal?

—¿Y las que han acabado bien? Todo es posible — contestó ella.

—Poco probable —dijo él —. Mejor dejarlo así, como algo que pudo ser y no sucedió. Siempre tendremos algo sobre lo que hablar.

Zofia alargó su brazo entre las dos bandejas de plástico rojo y tocó los dedos de León. La joven, en sus trece, no se iba a dar por vencido.

—Vas a perder el tren.

—Sí.

Caminaron en silencio hasta el andén. León sintió la mirada de algunos viejos que se preguntaban qué hacía con ella. El tren llegó poco después, frenando lentamente. La gente se amontonó en las puertas.

Se miraron en silencio. Besarla o no, se preguntó el españolito. Hacerlo allí, delante de todos, regresar a la secundaria, a las primeras experiencias. Zofia agachó la mirada desilusionada y entristecida. Lo había intentado todo.

—Adiós, señor Sánchez —dijo y dio media vuelta, despegándose de las manos de su profesor.

El corazón de León se revolucionó. Agarró del brazo a la joven y la acercó de un tirón hasta sus labios, besándola, sujetándole las nalgas, sintiendo los tersos pechos sobre su camisa. El beso pasó del romanticismo a la excitación. Zofia lo miró aturdida.

—¡Corre! —dijo León y se desprendió de ella, dando media vuelta y abandonando la estación de tren.

4

Esa misma noche, León no concilió el sueño. Con la mirada clavada en el techo, fue incapaz de quitarse la imagen de la joven Zofia. Algo cambió drásticamente en la vida de los dos.

Las chicas anteriores no habían logrado despertar el interés del profesor. Buenas en la cama, cariñosas, atentas, intelectuales. Todas eran perfectas para un hombre común pero no estaban a la altura de las exigencias de León. Su última experiencia había sido Paulina, la relación más larga de su historia. Anna no fue más que una piedra en un zapato por muy sumisa que fuera en la cama. Paulina había recorrido lo que otras chicas como Aleksandra, Lara o Cristina lograron en su momento. Con ella se inició en la vida en pareja, cambió hábitos y escribió cartas de amor. Pero por mucho que deseó a la joven artista de segunda división, jamás llegó a sentirse carcomido por su ausencia. Su mente era lo suficientemente obtusa para hacer hueco a otras personas. Entonces llegó Zofia, una adolescente por la que volvió a velar de madrugada.

Zofia no volvió a participar en las clases y León sólo le hacía preguntas sencillas para que saliera airosa. Ninguna de sus compañeras sospechó nada. Todas se entretenían odiando a Julia, la chica estudiosa que tenía todas las respuestas, mientras León se comunicaba con Zofia dejando notas personales en las redacciones.

El primer contacto se estableció a través de un trabajo escrito. Un encuentro. El profesor había marcado algunas palabras en los folios de la joven, una letra S y un número con un cuatro como nota final. El número indicaba la hora y la inicial, el día.

El profesor confió en su instinto y echó sus cartas. Con abrigo y jersey de punto, se presentó en el Parque Real Łazienki. Las directrices fueron claras. El parque era el lugar donde turistas y habitantes locales disfrutaban de sus paseos, visitando el palacete, recorriendo las largas rutas que lo conectaban con otras partes de la ciudad. Un área tan grande que, cuando caía el sol, los viandantes no salían de las áreas iluminadas.

Zofia lo citó en unas coordenadas precisas. Devolvió el mensaje con varias señales y León se presentó en una de las entradas. La equis del mapa, un puente. El único punto desde el que se podían ver tres entradas a la vez.

Una mujer de agradable apariencia y con ropa deportiva, se cruzó ante el profesor. Cruzaron miradas y ella sonrió.

«Eres patético. Deberías estar con mujeres como esa.» se decía a sí mismo.

«¿Dónde estás, Zofia?»

León se quedó quieto ante el puente. Allí no había nadie. Miró el reloj. Eran las cuatro en punto de la tarde y el sol caía lentamente.

—¿Llevas mucho tiempo aquí? —dijo una voz femenina. Era Zofia, vestida completamente de negro.

—Pensé que no aparecerías —dijo él ocultando la sorpresa.

—Yo pensé que no darías con este lugar —dijo ella —. ¿Cómo estás?

—Bien. Supongo. ¿Y tú?

—Fatal —dijo ella abatida de repente.

—¿A qué se debe?

—Mi profesor me obliga a citarme con él a escondidas

—contestó con una mueca.

León giró el rostro.

—Esto es un error.

—Entonces, ¿por qué me haces venir aquí? —preguntó ella cambiando su tono.

—Tenemos que tomar una decisión acerca de todo esto —argumentó —. Como adultos.

—No hacemos nada malo.

—Oh, no —dijo él —. ¿Estás enamorada?

—¿Por qué dices eso?

—No tienes idea de lo que es el amor… —dijo él.

—Tú sí, ¿verdad? —dijo ella —. Tienes razón, esto ha sido un error… Tengo que marcharme.

La chica dio varios pasos cuando, de repente, León tiró de su brazo y comenzó a correr, arrastrándola por el parque.

—¡Qué haces! —gritó confundida corriendo torpemente —¡Me voy a caer, León!

Él rió sin mirar atrás hasta que escuchó las súplicas. La miró a los ojos y la levantó por las piernas como si cargara el cuerpo de un soldado herido, ante la vista de los curiosos. Salieron por la puerta principal, un taxi se detuvo, subieron y el profesor dio las indicaciones. Con el éxtasis y la adrenalina, el vehículo cruzó el Vístula, frío y revuelto hasta llegar a la calle Francuska, una vía de doble sentido, de edificios bajos y pequeños restaurantes. León pagó la carrera y sujetó a Zofia del brazo para que saliera. Ella agarró su brazo, lo apretó contra el pecho y caminaron. León la arrastró hasta un restaurante local de cocina pequeña y abierta y sillas de hierro, cómodas restauradas y ambiente cálido; un lugar pequeño con apenas cinco mesas y una carta limitada. Parejas que comían, otras que no hablaban. Se sentaron en una mesita de madera. León pidió una botella de vino tinto, ella fue al baño. Vislumbró a una pareja que había en uno de los rincones. No se hablaban. Ella parecía triste y deprimida y él sólo ponía atención a su teléfono móvil y al plato que tenía delante. Bien vestidos, pero malamente correspondidos. León pensó si eso era algo natural en toda relación humana, si tras vivir años con la misma persona uno terminaba hartándose de ella hasta ignorarla como a un mueble.

—Me encanta este lugar —dijo Zofia —. Me encanta todo.

León sonrió.

—Gracias por todo. Estaba buenísimo —dijo Zofia cuando salían.

—Nunca invito a cenar en las primeras citas —dijo León.

—¿Esto es una cita? —contestó ella.

—A tu edad —dijo él —. Sí, supongo.

—¿Y a la tuya?

—A mi edad sólo cenas con quien realmente quieres tener a tu lado.

—Eso no es cierto —contestó ella.

—Lo demás es una pérdida de tiempo… y de dinero.

—Los chicos que me invitan a café, son muy dulces —dijo ella.

—Pero no pasan de ahí… —añadió él —. De un café.

—Es un simple café —contestó ella.

—¿Y una cena? —preguntó el profesor.

—Es algo que tendrás que averiguar.

León la condujo hasta un edificio en el que había una terraza abierta y se escuchaba un piano.

Caminaron hasta la parte superior y salieron a una superficie triangular, como la proa de un barco, con tablones de madera donde la gente se sentaba y tumbonas con telas a rayas donde otros tomaban café y escuchaban el concierto de jazz. Frente a ellos, el cielo raso de la noche y la calle Francuska desvaneciéndose. Bajo la música de Sonny Clark, León y Zofia se besaron en un largo choque de labios, cruce de lenguas y fluidos salivales. La noche derivó en más y más alcohol. Ebrios de alcohol y borrachos de vida, tomaron otro taxi que los llevó hasta el apartamento 166 en el número 35 de la calle Świętokrzyska. Besos y manoseos por el interior de sus ropas en el ascensor. León abrió la puerta torpemente y llevó a Zofia hasta su cuarto.

—Siento el desorden —dijo.

La chica se asomó a la ventana y vio la ciudad de Varsovia, de noche, iluminada por los neones. León sacó una botella de vino de la estrecha cocina de su apartamento y sirvió dos copas pese a mantenerse con dificultad. Elvis Costello en la mini-cadena del salón. León se desvistió dejando la camisa fuera del pantalón. Ella se descalzó y jugueteó con su pie y la pierna del profesor.

—Es aquí donde vives —dijo —. Esperaba algo más… no sé.

—¿Glamuroso?

—No.

—¿Ordenado? —dijo León.

—Me gusta —dijo ella —. Me siento cómoda… ¿No te asusta?

—Asustarme, ¿qué?

—Que vayamos a follar —dijo ella.

León se rió, pero ella hablaba en serio.

—Hace un buen rato que me he olvidado de quién eres.

—Si quieres silencio —dijo Zofia —. Tendrás que hacérmelo como a mí me gusta.

—Estoy ya acabado —dijo con una sonrisa derrotada.

—No digas eso, León —contestó relajada —. Puedes confiar en mí.

La chica saltó sobre el cuerpo de León, colocándose sobre sus rodillas. Tuvo una fuerte erección. Zofia lo besuqueó deslizándose hacia abajo. León dejó la copa de vino e introdujo sus manos bajo la ropa. La chica desabrochó el pantalón, dando inicio a una noche de travesuras sexuales que asombraron al propio León, viéndola tan entregada. Las horas pasaron, la botella de Rioja se terminó e hicieron el amor varias veces hasta quedarse dormidos. Zofia no era virgen, pero ese no era su mayor problema.

—¿Qué pasará con nosotros? —preguntó ella con el rostro de una niña pequeña, desnuda y acurrucada sobre el pecho de León.

—No tiene por qué pasar nada… —dijo sin mucha credibilidad en sus palabras.

Después cerró los ojos y se durmió de nuevo.

El teléfono de Zofia emitió un suave pitido.

Cuando León despertó, sintió el fuerte golpe de la resaca.

Zofia ya estaba de pie, casi vestida.

La luz del cuarto de baño salía por el lateral de la puerta. Todo le daba vueltas, como si su cabeza fuera un huevo en una sartén. Corrió la mirada por la habitación. Observó el despertador. Vio el bolso de Zofia frente a él, sobre una silla. Estaba abierto. Ella no pareció darse cuenta de que León estaba despierto. Se preguntó por qué no le habría dicho nada y si pensaba marcharse sin avisar. León caminó hasta el cuarto de baño y abrió la puerta. La chica se maquillaba.

—Buenos días —dijo él.

—Tienes mala cara —contestó ella —. No te quería despertar.

—¿A dónde vas? Ni siquiera son las diez.

—Tengo que regresar a casa —dijo intranquila.

León, apoyado con un brazo sobre el marco de la puerta, se giró y regresó a la habitación. La chica continuó en el cuarto de baño. Volvió a mirar el bolso. Pudo ver el monedero de la joven con todas sus tarjetas. Alargó la mano, abrió la pequeña cartera de cuero roja y miró en su interior. No encontró demasiado: dinero, billetes de tren y autobús usados, y finalmente, el carné de identidad. Comprobó la fecha de nacimiento. No cumpliría los 18 hasta pasar el curso. Era menor de edad y le había mentido. Cuando fue a ver el reverso del carné, algo lo detuvo.

—¡Qué estás haciendo! —dijo Zofia frente a él arrebatándole el carné de identidad.

La chica tiró de su bolso e introdujo el resto en su interior, con afán de salir de allí lo antes posible.

—¡Me has mentido! —gritó —¿Por qué?

—¿Tan difícil es confiar?

—¡Eres menor!

—¡Cinco malditos meses!

La chica se puso sus zapatos, abrió la puerta y se marchó. León intentó detenerla para intimidarla, pero el forcejeo no sirvió de nada. Ella se libró dándole una patada en la espinilla.

—¡Niñata de mierda! —gritó, pero Zofia ya había entrado en el ascensor.

Un final turbio para una cita tan particular.

Dependería de él y del silencio de la joven, salvarse de los tejemanejes judiciales. Tendría que ganarse la confianza de la chica de nuevo.

La vida personal y profesional de León pendía de un fino hilo a punto de deshacerse por el desgaste.

5

León regresó al trabajo con la tensión acumulada. Dejó de dormir por las noches, y los días que lograba dormitar algunas horas, soñaba con una visita policial.

Los hechos no eran más que hechos. Ella había consentido la relación, pero desconfiaba que Zofia dijera lo mismo.

Como un día más, salió a la calle en dirección a la escuela. En las portadas aparecían de nuevo los líderes políticos. El presidente de los Estados Unidos de América visitaría el país.

Subió en el autobús que lo llevaba hasta el Liceum Copernicus y se sentó junto a un hombre de abrigo gris. El hombre leía una revista de opinión. En el interior, Komarnicki aparecía sentado en un sillón de piel a doble página. León dio un vistazo por encima del hombro del señor y volvió a sus asuntos.

Cuando llegó al centro, antes de entrar por la puerta de la escuela, alguien se acercó.

—¡Amigo! —dijo en español con acento extraño. Era Mateusz y se dirigía a él —: Un día frío, ¿eh?

—Sí —dijo León. No estaba de humor.

—La ciudad se está volcando demasiado por la llegada de ese cretino. Piensan que nos quiere amparar, cuando lo único que busca son intereses.

—No estoy al tanto —dijo León.

—¿No estás al tanto de lo que pasó en 1939? —dijo

Mateusz.

León prefirió no decir nada. Caminaron en silencio hasta la puerta del pabellón. Mateusz sujetaba un maletín negro —: No logro concentrarme con tanta falacia.

—Cada uno tiene lo suyo.

—Sí… —murmuró —. Tú deberías ser más cuidadoso con lo que haces.

—¿Disculpa? —dijo León levantando la voz.

—Sólo te advierto —dijo —. Lleva cuidado con lo que haces.

—¿De qué hablas ahora?

—Tus alumnas.

—¿Estamos teniendo esta conversación?

—Aquí, los pecados se pagan caro.

—Spokój… —dijo tajante, soltándose de la mano de Mateusz —. Ya somos mayorcitos.

León entró en el edificio y desapareció entre la muchedumbre.

En la sala de profesores encontró Katarzyna, que lucía un vestido de encaje de color gris oscuro. León levantó las cejas. El vestido despertó su curiosidad.

—Buenos días, Kasia.

—Hola León —dijo ella con desaire.

—Deberías vestir así más a menudo —dijo.

—¿Disculpa? —dijo en polaco.

—Me pregunto si fui a la escuela correcta.

—¿No crees que es un poco grosero hablar así?

—¿Qué os pasa a todas? —dijo —. Hasta los halagos os ofenden.

—Hay formas y formas —comentó la mujer —Mi marido me va a llevar a un restaurante

—Una ocasión especial, supongo —dijo León.

—Lo es.

—Yo te llevaría todas las semanas…

—Basta —dijo de nuevo.

León sabía que su presencia la ponía nerviosa. Kasia era una mujer del socialismo, de la doble moral y la vergüenza pública.

La mujer se levantó, cogió sus libros y se despidió diciendo adiós. León preparó un café y echó un vistazo a la prensa. La visita del presidente americano. Y dejó de leer.

A última hora del día, cuando León terminó la última lección, todas las alumnas salieron del aula excepto una.

—¿Podemos hablar? —susurró.

—¿Qué necesita?

—En diez minutos en los baños de la pizzería Don Vito —susurró—. Es importante.

La joven desapareció corriendo y él dejó su bolígrafo sobre la mesa.

—¡Mierda! —exclamó.

León se puso el abrigo y salió al exterior con disimulo. Dio la vuelta a la manzana en sentido contrario a las agujas del reloj. No le seguía nadie.

Se paró en la puerta de Don Vito y caminó hasta el baño.

Allí no había nadie. Azulejos amarillentos, pintadas a rotulador y un aseo privado. Se miró al espejo, preguntándose qué hacía.

—No te reconozco —se dijo en voz alta.

Entró en el aseo y cerró.

Escuchó unos pasos.

—¿Estás ahí? —dijo Zofia.

León abrió la puerta y la metió dentro.

Enlatados, la besó con fuerza y la empotró contra la puerta, bajando hasta el cuello.

—León… —dijo excitada—. Es importante.

—¿Qué pasa?

—No podemos.

—¿Cómo? —dijo él separándose de ella —¿Ahora me dices esto?

—Está mal.

—¡No! —dijo dando un puñetazo en los azulejos

—Es la verdad, León… —dijo ella acongojada.

—Eres una niñata consentida… —dijo resignado.

La chica se asustó de nuevo.

—Lo siento… —contestó.

Una lágrima se derramó por su mejilla y salió del baño rápidamente.

León fue tras ella.

Al salir del restaurante, la vio a lo lejos corriendo.

Aún no era consciente de que había llegado a una situación muy poco deseable.

Pronto desearía no volver a verla jamás.

6

León regresó a pie y decidió parar en un bar antes de llegar a casa. La música estaba alta y era molesta. Pidió una cerveza y se sentó en la barra.

—La barra es para pedir —dijo el camarero.

Cogió su cerveza y se sentó en una mesa. Cerca, encontró un grupo de chicas que hablaban de sus cosas. Bebían cerveza con sirope y absorbían por una pajita. León se preguntó que qué forma era esa de beber una cerveza. Pero quién era él para juzgar a nadie. En el bar no había periódico para leer ni televisión. Se encontraba solo y un poco perdido. El bar era un lugar de paso como las estaciones de tren o de autobús. El bar como un hostal de mediodía, donde uno espera, piensa o busca compañía.

Miró a las chicas y continuó en sus cavilaciones. Cómo se había complicado tanto su vida en apenas un mes. Había experimentado algo que muy pocos hacían, y puede que por eso le resultara tan excitante: los labios de una adolescente, vivos, con ganas de lanzarse al vacío. Un corazón sin cicatrices, pidiendo a gritos una dosis de amor, heridas, un puño que lo apretara hasta ahogarlo.

León pensó que el mundo sería un lugar lleno de malnacidos si cualquier depravado se aprovechara de la pureza juvenil. Se encontró interrogándose a sí mismo, y continuó con discursos de amor por su pequeña Melibea de origen polaco, poniéndolo en un puente de mareas, de caminos inconexos, vigilia y paracetamol. Solitario y meditabundo a medida que la cerveza rebajaba la espuma, inundaba su garganta y se acercaba al culo del vaso.

De repente, alguien puso otras dos cervezas frescas y espumosas sobre la mesa. León giró su rostro, saliendo de la nebulosa.

—Supe que te encontraría en un bar.

León se incorporó, era Mateusz.

—¿Me estás siguiendo?

—*Spokojnie…* —dijo —. Sólo busco compañía, he discutido en casa.

—No es buen día para nadie —dijo León.

—¿Qué haces ya borracho?

—No estoy borracho —dijo León con la lengua enroscada.

—Sí —contestó Mateusz con una sonrisa —. ¿Quién te quita el sueño?

León miró al frente y sus ojos se enturbiaron.

—¿Qué harías si supieras que no estás haciendo lo correcto?

—Dios… —dijo Mateusz —. He llegado en un mal momento, ¿verdad?

—Hablo desde el corazón, joder —reprochó León —. No sé qué estoy haciendo con mi vida.

—Es esa joven, ¿verdad? —Preguntó Mateusz.

—¿Quién?

—Zofia.

—¿Sabes su nombre?

—No eres su único profesor —justificó—. Déjate de mierdas, León. Son menores de edad.

—No he hecho nada malo —dijo León.

—Todavía —contestó Mateusz —. Estás buscando problemas innecesarios…

—¿De qué estás hablando ahora?

—¿Qué pasó con esa novia tuya?

—¿Paulina?

—Sí.

—No he vuelto a verla.

—Piensas en ella —preguntó el polaco —. ¿Verdad?

—¿Bromeas? —dijo León.

—¿Por qué la dejaste?

—Me dejó ella… No era lo suficiente hombre… —explicó. Mateusz rió —: ¿De qué te ríes, imbécil?

—Nunca me han dejado.

—¿Qué te hace gracia? —preguntó.

— Te diste por vencido muy rápido, idiota… —explicó—. Estoy seguro que esperaba que lo intentaras una vez más… Siempre, una vez más.

—Eso es una gilipollez —contestó León —. Tengo que aceptarlo, y punto.

—¿Y lo has hecho? —preguntó Mateusz y dio un trago de cerveza.

—¿Cómo sé qué responder a eso?

—Sencillo —dijo el polaco muy serio—. Mañana aparece tu chica en la puerta de tu apartamento… ¿Qué haces?

—Eso nunca pasará —dijo León borracho y adormilado —. Tendría que ocurrir un milagro.

—Todo es posible en este mundo.

6

El frío del otoño se aproximó a la ciudad, endureciendo más y más la hojarasca de los parques, obligando a los ciudadanos a sacar los abrigos del armario. Tras el encuentro con Mateusz, ninguno de los dos volvió a hablar del tema. Tan sólo una muesca en sus caras mostraba públicamente la resaca que llevaron el día después. Las palabras de su compañero polaco le hicieron reflexionar. La distancia entre Zofia y León durante las clases, intentando pasar desapercibida, ayudó a que él se centrara en sus asuntos, como por ejemplo, la propuesta editorial. Había recibido la aprobación de su agente literario y se iban a reunir en Varsovia para firmar el primer contrato editorial. Al parecer, una casa editorial de renombre, se había interesado en la historia que León había escrito durante sus días en la capital polaca. Era una novela de aventuras que dejaba atrás los clichés de las guerras, el antisemitismo, buscando una imagen actual de la sociedad. No era más que una historia de amor ambientada en una Varsovia moderna, pero lo suficientemente fresca para hacer brecha entre los sombríos títulos que encabezaban las listas de más vendidos. León entendió que debía trabajar un poco más en el manuscrito antes de enviar la versión final.

Inesperadamente, un mensaje de Anna. La chica de gafas de pasta, la periodista cultural. La joven independiente. León abrió el SMS en su teléfono. Habían pasado varias semanas desde aquella noche recostada en el sofá, ajustándose el picardías mientras terminaba la copa. León recordó las palabras de Mateusz acerca de darse por vencido. En ese caso fue ella quien no se dio, y más que volver con los ojos encharcados, su retorno se formalizó amablemente con un evento social.

La joven polaca corrió una cortina de humo como si nada hubiese pasado. Lucía sonriente, sin lentes de contacto y parecía haber perdido algo de peso. León apareció con su americana azul marino, vistiendo el uniforme de siempre. La fiesta se celebraba en una galería de arte que había en el centro, junto a todos los edificios de las grandes firmas: bancos, automóviles, y por qué no, artistas. Blanco y más blanco. Parecía la vieja idea que León tenía del aclamado cielo santo o un decorado de ciencia ficción. Miró su reloj y no eran las ocho de la noche cuando la gente aún estaba llegando y las celebridades no habían hecho gala de su presencia.

—¡Ey, León! —Dijo Anna con una copa de Prossecco en la mano. Anna embutía sus pechos en un vestido de una pieza con lentejuelas plateadas. La ausencia de gafas, despejaba su rostro. León se fijó en sus ojos, azules como el agua de las piscinas de verano y en la melena recogida en un moño. Parecía más adulta, menos inocente y un tanto segura de sí misma —: Pensé que no vendrías. Me alegro de verte.

—Sí, yo también —dijo con una sonrisa avecinando una conversación minada de tensiones —. Vaya, muy interesante todo esto. ¿Es para un artículo?

—No, León, ya no escribo en el periódico… —confesó —. He dado un paso, ya sabes.

—¿Un paso?

—Sí, madurar. Subir un escalón, ya me entiendes. No iba a ser toda mi vida una periodista cultural.

—¿De qué estás hablando?

—Ahora soy galerista.

—¿En serio? Ni siquiera ha pasado un mes.

—Ven, te presentaré a alguien —dijo agarrando su mano. En efecto, Anna había dado un salto y fue de vida y de relación. En menos de un mes pasó de ser la chica independiente a una esnob aparentemente adinerada. Después de todo, había conseguido lo que buscaba, que era un hombre que la tratara decentemente y pagara sus caprichos. Su nombre era Karol Górecki, un adinerado joven, hijo de la clase política del país y dócil ante la tenacidad de mujeres como Anna. Él era el que estaba detrás de la galería.

León caminó con Anna hasta un grupo en el que se encontraba Karol y otros jóvenes más.

—Karol, este es León —dijo introduciéndose.

—Eres el español, ¿no? —Dijo con voz gangosa en un inglés con acento británico. Karol había estudiado en las mejores escuelas bilingües del país, pasando los veranos en Brighton y terminando los estudios universitarios en Londres.

—Uno de ellos.

—Anna me ha hablado de ti —dijo—. Me ha hablado muy bien.

León se preguntó qué le habría dicho ella para recibirlo de tal modo —: Tiene mucho talento.

—Sí —dijo León.

—Es genial todo, ¿verdad? —Dijo Anna sujetando el brazo de Karol. Alrededor, los otros dos acompañantes eran dos tipos con bigote y gafas de pasta y chaquetas de corte inglés. Aquel lugar apestaba a dinero. Para él, no eran más que veinteañeros jugando a ser adultos, cultos e interesados en el arte. Sin duda, la mayoría de los círculos en los que el arte nacía, eran así. La música, más de lo mismo, y sin mencionar a las letras. La mayoría de los jóvenes que vivían o fingían hacerlo, no eran más que hijos mantenidos cumpliendo su sueño. Como siempre, un negocio para burgueses.

Se sintió desubicado en la galería, donde no se despegaba del catering y la barra de bebidas. No había camarero, sino una larga mesa de botellas de vino y una nevera con cervezas y bebidas alcohólicas. León prefirió beber cerveza, porque lo mantenía fuera del rebaño de idiotas que pululaban a su alrededor.

Se quedó parado ante un cuadro.

Pensó en Anna y se alegró por ella.

Había obtenido lo que buscaba, aunque eso no le proporcionara la felicidad completa. La felicidad no era una fórmula matemática. Al verla reír, entendió que podría ser un concepto muy diferente para otras personas, algo pasajero, efímero o simplemente temporal como la duración de una canción y su recuerdo en nuestra cabeza.

—Es profundo —dijo una voz femenina —. Muy triste.

León presenció por el rabillo de su ojo.

Reconoció la voz al instante.

Era Zofia.

—Es un intento fallido. Una pose… —preguntó sin girarse —. ¿Qué haces aquí?.

Los dos miraron al cuadro.

—Un amigo me ha invitado.

—No pierdes el tiempo…

Zofia suspiró.

León dio un trago a la cerveza y guardó silencio. Giró la cabeza y vio el cuerpo de Zofia, vestida con una camisa blanca y unos vaqueros agrietados.

Los labios de color carmín, y ella pálida como un fiambre.

Volvió a girarse frente al cuadro.

—Pensé que era buena idea venir a hablar contigo. Pero no, ha sido un error.

—Basta, de verdad —dijo León —. Otra vez, no. No tiene sentido. No quiero jugar a esto de nuevo.

—¿Cómo? —dijo ella volviéndose hacia él.

León se acercó a ella y la besó allí, frente al lienzo.

Zofia abrió los brazos.

El beso se prolongó.

León apretó sus manos sobre los pómulos de su

estudiante.

—Me vas a matar, pero habrá valido la pena —dijo y prosiguió un segundo beso. Cuando se separaron, Zofia guardó una sonrisa desordenada. León agarró su brazo —: Esto es un coñazo. Vámonos de aquí —dijo agarrando el brazo de la joven.

—¿Qué pasa? —dijo Zofia cuando sintió el brazo tirante de León.

Una chica cruzó la puerta principal. Pelo oscuro y largo, recogido en una coleta y vistiendo un conjunto negro en el que se transparentaba el sujetador y la forma redonda de sus enormes y tersos pechos. La sombra de ojos y una peculiar forma de andar. Una patada de estrés en la boca del estómago. Obviamente, era Paulina, y tenía buen aspecto para él.

Paulina saludó con la mano y avistó como un cóndor a su ex novio.

Fría y depredadora, dio elegantemente varias zancadas hasta la pareja.

A su lado, Zofia no era más que una niña. Una mujercita que no podía hacer frente física o emocionalmente a la dureza de Paulina. Su presencia era hostil ante la adolescente, ya que seducción y altivez poco podían hacer en tal situación.

—Hola León, ¿cómo estás? —dijo con melancolía de sirena —. He pensado mucho en ti todo este tiempo.

Las palabras llegaron como cañones de galeras, desestabilizando todo lo que encontraba a su alcance. Él, por su parte, ni siquiera había aceptado que se podrían encontrar algún día.

—Estoy bien, ya me iba.

—¿No nos vas a presentar? —dijo Paulina señalando a Zofia —. Yo soy Paulina, supongo que habrás oído hablar de mí.

—No, no lo he hecho —dijo la joven—. Mi nombre es Zofia.

—Oh, vaya —contestó Paulina —. Entonces no sois…

—¿Qué? —dijo Zofia.

—Nos estamos conociendo —dijo León.

—¿En qué trabajas? —preguntó con intención de humillarla.

—Soy artista.

—¿Qué clase de artista?

—Escritora —contestó —, como León.

—Vaya… —dijo Paulina —. Es una pena que no me suene tu nombre.

—Lástima, sí —contestó Zofia.

Paulina miró fijamente a Zofia, entrecerrando sus ojos, clavando puñales cargados de odio. León palpó la tensión, que se acumulaba en su cuello mientras Zofia aguantaba su copa de vino blanco.

—Me alegro por ti —dijo León —. No esperaba encontrarte aquí.

—Llevo un rato pensando por qué tu cara me resulta tan familiar… —dijo Paulina ignorando las palabras del profesor.

—Quizá de alguna fiesta —dijo Zofia.

—No… —contestó Paulina y señaló con el dedo índice, cambiando su expresión —. Anda, qué casualidad… Tú eres la hija de…

Antes de que terminara la frase, Zofia echó la copa de vino sobre el rostro de Paulina, salpicándola entera, arruinando su peinado.

León sacó de allí a Zofia, corriendo a través de la gente. Corrieron y corrieron en la noche fría y oscura hasta llegar al parque que bordeaba el Palacio de Cultura. Escucharon la música de un bar y se acercaron.

—¿No estás… enfadado…? —preguntó la chica.

—¿Bromeas? —exclamó. Llegó un silencio, él se acercó a la joven en un impulso apasionado y la besó de nuevo. La pasión recorrió sus cuerpos sin separarlos de nuevo. Entraron en el pub, se mezclaron entre la muchedumbre. Un grupo de punks berreaba versiones de The Clash. Sumidos en una marea de alcohol, un taxi los llevó hasta el número 35 de la calle Świętokrzyska. Entre risas, despertaron al guardia de seguridad. León empujó la puerta, Zofia tiró su abrigo. El apartamento olía a colonia y ambientador, iluminado por el resplandor de la noche que jamás descansaba.

—¡Guau! —Dijo.

León la agarró por el trasero y la llevó hasta su cuarto, desnudándola, perdiéndose entre sus piernas, haciéndole el amor, quedándose sin fuerzas, solapándose con la luz del amanecer.

7

Saltos entre sábanas y juegos de almohadas.

León y Zofia comenzaron a disfrutar de una relación a escondidas, basada en el silencio de cada uno, la discreción y el hermetismo. Los días en las escuela se convirtieron en juegos de seducción entre líneas, bajo un código único y desconocido para el resto, que terminaban con sexo en la ventana del apartamento de León.

—Hay algo que debes saber —dijo Zofia una tarde que apareció sin avisar por el piso del profesor.

León nunca había preguntado por su familia. No tenía ningún interés en conocer a sus parientes. Vivía el momento, sin un futuro resuelto, pero ni él ni nadie podía hacerlo. Pensó que viviendo el presente era la única forma de llegar al mañana. Y así continuó durante días, evitando cualquier tipo de pregunta o tema que estuviese relacionado con la familia. Se sentía incómodo hablando de ello. No obstante, Zofia decidió confesarse. Había muchas cosas que León ignoraba.

—Mi padre es una persona importante —dijo la joven sentada en el sofá mientras León miraba por la ventana. Una situación similar a la que tuvo con Anna antes de que se fuera para siempre —: Será el próximo primer ministro de Polonia.

Las palabras de la joven cayeron como un jarro de agua fría bajo el húmedo cuello de León, que observaba la lluvia al otro lado del cristal. Abrió su portátil y cedió el ordenador a la chica.

—Escribe.

Ella tecleó el nombre. En el buscador aparecieron miles de imágenes de un rostro mordaz y frío que había visto anteriormente, que siempre había estado ahí, omnipresente, sin decir palabra. Era Roman Komarnicki, el candidato a las elecciones nacionales del partido más conservador del país. León se cuestionó cómo no se había dado cuenta antes de todo aquello.

Komarnicki parecía una persona seria y rígida, con valores estrictos. El programa de su partido proponía una reforma rígida para paliar algunos problemas de inmigración que el país estaba sufriendo, las cuestiones morales relacionadas con las prácticas abortistas, la educación religiosa en las escuelas y soluciones a los problemas socioeconómicos que las políticas liberales centristas no habían logrado solucionar. Komarnicki suponía un cambio que muchos países europeos apoyaban para restablecer el orden del continente. Padre de familia, Zofia era la hija única por la que Komarnicki estaba dispuesto a todo, o así se lo contaba ella.

—No es tan duro como parece. Es un buen hombre —explicaba a León que miraba sentado las fotografías del ordenador —. Sólo quiere hacer bien su trabajo. Es una responsabilidad muy grande.

León contempló la situación desde la distancia. Sintió miedo, aunque no estaba atemorizado por lo que pudiera hacer un hombre que vivía de la política. Siempre pensó que los políticos que aún no habían llegado al poder, eran los más susceptibles a la hora de tratar con ellos. Querían evitar a toda costa cualquier tipo de escándalo que derribara el trabajo ya hecho.

—Piensa que es un padre de familia más —dijo Zofia.

—No lo es —explicó el joven —. Arruinaría mi vida si supiera que estamos juntos.

—No tiene por qué enterarse…

—¿Bromeas?

—Sé cómo evitar a mi padre —dijo —. Soy su hija, es su sistema. Toda mi vida he convivido con ello.

—¿Y si se entera de que es el profesor de español el que duerme con su hija?

La chica entristeció y comenzó a recoger sus cosas

—Ahora entiendes por qué no puedo estar contigo.

—¿Por qué no me lo dijiste antes?

—No me habrías besado —dijo ella.

—No tenía por qué ser así.

—Ser… ¿Cómo? —dijo la joven —. Nací en un mundo en el que las cosas suceden como deseo.

León recordó de nuevo lo que le dijo Mateusz. Todo aquello de tirar la toalla, luchar por algo. Eso era lo que siempre había escaseado en su vida. Ella era la primera que arriesgaba su libertad por hacer lo que no estaba permitido, poniendo en peligro la carrera profesional de su padre.

Zofia estaba enamorada de León y así lo confesó —: Sería capaz de hacer cualquier cosa.

León la acarició y meció su cabeza contra el pecho.

Tan romántico, tan ensayado.

Días más tarde, León suministró a Zofia un viejo teléfono con una tarjeta telefónica. Ambos utilizarían teléfonos diferentes para comunicarse. León pidió a Zofia que tuviera el control del aparato cuando estuviese en su casa. Las citas se convirtieron en rutas de imposible acceso, citándose bajo un código secreto pactado por los dos. La primera letra de las cinco primeras palabras, formaría el nombre de la calle. La sexta y séptima, el número. Las dos últimas palabras, la hora del encuentro. Un sistema complejo que torpemente dio resultados.

Se citaban en las esquinas, entre la gente. Frecuentaban la periferia de la ciudad, entre el peligro y la nada. Siempre con los relojes en hora y las baterías de los viejos teléfonos cargadas. Caminaban separados como dos desconocidos varias decenas de metros para terminar besándose en los callejones. En el Liceum Copernicus nadie sospechó del romance. A León le excitaban sexualmente todos esos juegos inofensivos.

Por otro lado, Zofia sobornaba a algunas de sus amigas a cambio de silencio.

—Vámonos de viaje —dijo León en una cafetería a las afueras de la ciudad —. Estoy cansado de esto, tú y yo, solos.

Ella dio un trago de su taza de té.

—No puedo.

—No sé, cualquier cosa —dijo León.

—No olvides quién es mi padre —contestó Zofia —. No creo que sea buena idea.

—Algún día tendrá que enterarse, ¿no?

—Ahora no es el momento —rectificó la chica —. Todo está a punto de suceder.

—¿Cuánto va a durar? —preguntó León compungido.

—Cuando terminen las elecciones —contestó Zofia.

León se dio cuenta de que por mucho que ella lo amase,

jamás sería capaz de traicionar a su padre. Ya había visto tal situación antes. Las relaciones entre hijas y padres, en muchas ocasiones, estaban por encima del propio cónyuge. Quizá por temor o simplemente respeto, Zofia asintió con la cabeza, aclarando que la conversación había terminado.

—En unos meses no tendremos que escondernos más.

—¿Crees que consentiría que su hija diese una imagen así?

—¿Así? —dijo ella.

—La alumna y su profesor.

—Quiero mucho a mi padre, pero no debe ganar.

—Por el bien de Europa… —dijo León.

—Te equivocas —contestó —. Mi padre es un buen hombre.

—Tu padre quiere regresar veinte años al pasado.

—Eso no es cierto —dijo ofendida —. Imagina que no hicieses correctamente tu trabajo.

—Tu padre sólo quiere poder.

—Esta conversación no tiene sentido —dijo Zofia.

—Te lo advierto —dijo León —. Nunca aprobará nuestra relación.

—Sí lo hará.

—¿Cómo estás tan segura?

—Ya te lo dije, soy capaz de todo —dijo —. Un padre jamás arriesgaría perder la vida de su hija.

Las palabras de Zofia calmaron a León. En ocasiones, olvidaba que Zofia fuese una adolescente, porque ni ella era tan joven ni él tan maduro.

Se despidieron en la estación de metro Plac Wilsona, una bonita estación de diseño moderno con forma de auditorio.

Ella continuó en el vagón y él se bajó. No podían permanecer juntos.

Era otra de las normas que habían pactado.

Sacó el teléfono y escribió en un mensaje Kocham cię, un simple te quiero en polaco. Entró en el vagón. Estaba vacío. Cientos de imágenes corrieron por su pantalla frontal. Komarnicki, la publicación del libro, Zofia, Paulina, la galería de arte, su familia, Kasia, ventanas, Varsovia, la chica de la pizzería… Bajó en Metro Świętokrzyska y sintió la presencia de alguien. Caminó varios metros hasta que escuchó pisadas y a varios tipos en un parque. Los pasos se acercaban, el ruido de las pisadas se amplificaba en sus oídos. Cuando quiso reaccionar, recibió un golpe en la espalda y cayó al suelo. Dos tipos con la cabeza rapada, León no entendía lo que decían. Se protegía el rostro con los brazos. Uno le quitó el teléfono y el otro lo pateaba en el estómago.

No intentó defenderse, inútil desde allí abajo.

Subió al apartamento y se metió en la ducha.

Lloraba, lloraba como un perro piojoso.

Lastimado, se metió en la cama y miró al techo en la oscuridad, pensando en lo sucedido. No supo definir qué sentía. Impotencia, asco por la raza humana y por el país en el que vivía.

Se preguntó por qué y cómo, esperando una respuesta. Pero no llegó nada.

Alguien lo observaba de cerca.

León había recibido su primer aviso.

8

Dos días más tarde, en las portadas de los diarios aparecía la foto de Komarnicki con su familia detrás. Zofia vestía un traje azul junto a su madre, con los brazos agarrados delante de la cintura.

León llamó al señor Chlebek y se tomó un analgésico para aliviar el dolor que padecía. Le explicó al director del centro que había sufrido un accidente, y que sería conveniente guardar reposo hasta que las marcas del rostro desaparecieran.

El señor Chlebek no insistió y tampoco pareció sorprenderle. Durante su carrera en el Liceum Copernicus, jamás se había ausentado.

Bajó a la calle, malherido y vio los diarios en la tienda.

De nuevo, en portada, el rostro de Zofia junto a su madre. Desconocía si había intentado contactar con él.

Compró un par de cervezas y volvió a su apartamento.

Para cenar, encargó una pizza por internet.

Un rato después, alguien llamó al timbre.

León se levantó, aturdido por el ansiolítico y caminó hasta la puerta. Miró por la mirilla y abrió.

—Buenas noches, señor —dijo un joven con acné facial y gorra roja.

León asomó la cabeza.

—¿Ha subido alguien contigo en el ascensor? —preguntó.

—No, señor —dijo extrañado.

—Está bien... —contestó y le dio un billete, invitándole a quedarse con el resto.

—Muchas gracias —dijo el joven —. Que aproveche.

Cerró la puerta y dejó las dos pizzas en la cocina. Abrió las cajas, husmeó la comida. No encontró nada.

—Me estoy quedando gilipollas—dijo.

El timbre de la puerta volvió a sonar.

Cogió un cuchillo de la cocina.

El timbre sonó una vez más.

Se acercó a la puerta, nervioso, hasta que finalmente abrió. No había nadie, pero encontró un sobre en la alfombra. Lo cogió y cerró la puerta.

Observó el sobre al trasluz, lo abrió con una llave y sacó una nota de papel que había en su interior. El sobre olía a aceite, por lo que dedujo que el joven había sido el mensajero.

Reconoció la caligrafía.

Era ella, Zofia.

Lo esperaba en un conocido establecimiento de comida rápida.

La joven fue ávida. Paradójicamente, un fast-food era el mejor lugar para reunirse anónimamente. Clientes móviles, que invierten el tiempo exacto que terminan su pedido. Empleados malamente asalariados, lejos de implicarse en algo más allá de su función, vagamente recuerdan los rostros de nadie, ni siquiera los suyos. Lugares seguros en los que uno pasa desapercibido.

Por la cabeza de León pasaron ideas, charladurías inconexas.

Pensó que Zofia le traicionaría.

Una imagen de sí mismo siendo raptado. Una imagen de sí mismo abatido por disparos, muriendo, cayendo al suelo como un saco de estiércol.

Guardó el cuchillo de cocina en el abrigo y salió a la calle bajo la caperuza negra de algodón.

Caminó hasta el restaurante y cruzó la puerta.

—Buenos días —dijo una empleada.

Él no contestó.

Subió los escalones hasta la primera planta.

Un joven hablaba por videoconferencia con alguien.

Miró al otro lado, allí estaba ella.

Nadie más.

Se acercó a la joven, que estaba sentada en una mesa y se sentó sin decir nada.

—Estás empapado —dijo ella dando un sorbo al refresco. Zofia le ofreció comida.

—No tengo apetito.

—León… —dijo ella.

—Zofia… —interrumpió, sumiéndose en un vacío sin importarle lo que ella dijera, para romper en un delirio, para decirle que la amaba pero que no estaba dispuesto a morir por ella, para contarle que se sentía perseguido, para explicar que lo suyo era imposible. La interrumpió para decirle a alguien, por primera vez, que estaba jodido, acojonado, y no tenía a quién recurrir.

—Estoy embarazada.

El refresco se derramó por la mesa.

Guardó silencio.

Lo supo desde el primer momento que la vio.

Zofia le traería problemas, puede que demasiados, y aún así, decidió proseguir. Por tanto, culpar a Zofia no servía de nada, pensó. Pero en aquel momento no pudo pensar en otra cosa que en desear que abortara. Puede que no la amara tanto, o que su amor se hubiese convertido en odio. Aquel niño era un error y tenerlo, una locura. No estaba preparado para un accidente así.

Se imaginó rajándole el vientre de un golpe.

—¿Estás segura de lo que dices? —preguntó Léon.

—Sí.

—Puede ser un retraso, no sé… —dijo —. Cualquier cosa.

—No.

—Esto no me puede estar pasando.

—¿Qué vamos a hacer? —dijo Zofia. León la miró a los ojos, después a su mano. Le temblaba el pulso. Ella también estaba nerviosa, intranquila.

—Obvio —dijo él —. Abortarás.

Zofia le asestó un sopapo.

León agarró su brazo, con fuerza.

—Me haces daño, León…

—No vuelvas a hacer eso.

Zofia apartó la mano.

—No pienso abortar.

—Ya lo creo que sí —dijo León.

—Ni siquiera lo hemos hablado.

—No hay nada que hablar —lamentó el adulto —. Si lo piensas demasiado…

—¿Qué? —dijo Zofia.

—Lo acabarás teniendo.

—Eso ya ha sucedido.

—¿Desde cuándo lo sabes?

—Deberías apoyarme.

—¿Qué pasa con nosotros?

—Yo me haré cargo del niño —dijo Zofia —. Mi familia tiene dinero.

—Que le den por el culo a tu familia, Zofia —dijo León —. Me echarán del trabajo.

—Posiblemente —dijo y rió.

León pensó en estrangularla y terminar con los dos. Ella y el ser.

Zofia estaba embarazada. El mundo seguía, los árboles perdían sus hojas, algunas personas llegaban tarde a sus citas médicas y un chico compraba entradas de cine por internet. El mundo no terminaba allí y de pronto, León se sintió libre al ver una bolsa de plástico enredada bajo la lluvia en un remolino de aire —: ¿Crees en las casualidades, León?

—Ahórrate la mierda, Zofia.

—Yo creo en nosotros —dijo la joven con los ojos abiertos.

—A tu edad… —dijo él —, las cosas… En fin.

León pensó por un momento en las cosas que tanto prometió en su edad, a otras chicas, a otros amores. Cuántas mentiras que creyó y olvidó con la misma rapidez.

—Tenemos que irnos —susurró interrumpiendo al profesor.

—¿A dónde?

—Me están vigilando —dijo la joven.

—¿Cómo lo sabes? —dijo él.

—Desde hace días, mi padre actúa de un modo extraño.

—Si fuera tu padre, también lo haría.

—Están por todas partes.

—¿Quiénes?

—Sus hombres —dijo ella —. Todos tienen el mismo

aspecto. No importa cómo intenten vestir o qué quieran parecer. Los detectas. Son todos igual de rancios.

—Si intentas acojonarme…

La chica sacó el teléfono de su bolso.

—Recibí varios mensajes tuyos pidiéndome que te dejara en paz —explicó ella —. No era tu forma de escribir,supuse que algo iba mal.

—¿Cómo estás tan segura? —contestó León irónicamente.

—Hay cosas que no te puedo contar aquí —explicó Zofia —. ¿Recuerdas aquel viaje que querías hacer?

—Sí —dijo él, incrédulo.

La chica meció el pelo húmedo de León y lo cubrió con la caperuza empapada de lluvia.

—Confía en mí, por favor —dijo Zofia —. Yo soy la única que puede solucionar esto.

Mostró dos billetes de tren con destino a Sopot, una bonita ciudad costera en el norte del país donde muchos polacos pasaban las vacaciones.

—Son para hoy —dijo León. La joven asintió y le dio una hora para citarse en la estación de trenes.

—Dame tu blusa—dijo ella.

—Está empapada —contestó.

La chica cogió la prenda de León y desapareció del local.

Una hora más tarde, León se encontraba en el andén de la estación que Zofia le había dicho. Miraba a su alrededor mientras cambiaba el número de teléfono que había comprado en un kiosco. Lo había dejado todo en el apartamento. Encima sólo llevaba el pasaporte, dinero en metálico y una cartera de cuero destrozada.

Compró unos emparedados para el viaje en una tienda de ultramarinos.

Su única fuente era la intuición.

Solitario en el andén, esperaba un tren que llevara su

nombre.
Zofia apareció poco después.
El tren llegó.

9

Durante el trayecto, encerrados en una cabina de tren antigua, Zofia le explicó la historia de su padre. Roman Kormanicki, hasta entonces no más que un rostro de la prensa y los carteles publicitarios, se convertía en su archienemigo. Las palabras de Zofia corrían con pasión e intensidad. Ella era el producto de un matrimonio construido en el pecado. Sus padres, primos segundos. Se habían conocido en la universidad y ocultaron su relación hasta que los padres de Aleksandra Komarnicka, su madre, fallecieron. Entonces se casaron por la Iglesia y ella pudo adoptar el apellido de su marido. Zofia siempre fue feliz y tuvo todo lo que necesitó. Roman pasó de ser un humilde cartero a hacer carrera en la política cuando por error, interceptó en sus manos, un expediente con blanqueos que cometía el partido que representaba. Fue cuestión de tiempo que se vendiera a la competencia como el mesías. Joven, caucásico y apuesto, rostro de triunfador y buena impronta. Lo tenía todo para hacer frente a las viejas glorias que aún creían en ideologías decimonónicas.

Polonia sufría la crisis económica de los 90 y Roman se ganó la simpatía del sector más duro con su visión de futuro. Logró manejar dos vidas como un trapecista acostumbrado a las alturas.

Tras un matrimonio fallido y pretencioso, basado en una farsa, Zofia fue para Roman el último reducto de esperanza para ser un buen hombre. La felicidad se simbolizó en su hija y no dudó en protegerla hasta que se convirtiera en una mujer adulta, fuerte e independiente. Sin embargo, la ausencia en el último cumpleaños de la joven hizo saltar las alarmas.

Zofia buscó a su padre en la sede central del partido. Quienes se encontraban allí eran muchos de los rostros conocidos que habían paseado alrededor de su casa durante los últimos meses. Rostros anónimos, vestidos de traje y corbata y falda que habían fingido ser ciudadanos contentos con la gestión y propuestas del futuro primer ministro. Todo era un montaje, una farsa. Incluso las personas que recogían las basuras se encontraban en la oficina, entonces tecleando y contestando a los correos electrónicos. Zofia, salió de allí incapaz de ver nada más que la ausencia de su padre.

Quien ella pensó que era su padre, no era sino otra persona. Un ser dispuesto a confabular con el mundo y la visión de los ciudadanos para crear un sistema preciso de personas. Una imagen adaptada a la postura tradicionalista y conservadora que el sector más rico aclamaba.

El tren se detuvo en Gdańsk. León y Zofia se apearon. Una estación sucia y mundana, como muchas otras en el país. La ciudad de Gdańsk era histórica por haber sido una posición clave entre Alemania y Polonia, y más tarde, en el período socialista, foco de revolución obrera contra el socialismo. Entonces, Gdańsk no era más que una ciudad portuaria con desarrollo industrial. Una ciudad gris de chimeneas y costa, absorbida por el crecimiento y conectada con Gdynya y Sopot.

León sintió la humedad en los huesos. Temía lo peor. Y el miedo despertó en él la necesidad de aferrarse a algo, a alguien, a Zofia. La necesidad de encontrar una esperanza visible porque la fe no era suficiente para él.

En unas semanas, había pasado de ser un profesor de escuela a un prófugo de su propia vida. Cuando el estrés se convierte en una constante, cuando la ansiedad acompaña frente al espejo, el ser humano es capaz de cualquier cosa sin plantearse nada, de recorrer kilómetros hacia donde otra persona le diga, con tal de que sea mejor, sin importar a dónde, convenciéndose lentamente de hacer lo correcto.

Zofia volvió con dos bocadillos y se subieron en el vagón de un tren de cercanías.

—¿Estás bien? —preguntó ella.

—No he dormido mucho.

—Come algo —dijo Zofia—. Te sentará bien.

—Esto es lo correcto, ¿verdad?

—Sí.

—Tengo la sensación de que uno de los dos llorará.

El tren se detuvo en Sopot y la lluvia regresó con más fuerza. Sopot era diferente, más bonita y portuaria. León y Zofia llegaron hasta el paseo. Hacía mucho tiempo que León no sentía el mar tan cerca.

—¡León! —gritó Zofia.

Corrió a contracorriente, directo al final del espigón, con los brazos abiertos, sintiendo el azote de la lluvia y el frío en su cara, decidido a saltar contra las rocas.

Zofia corrió tras él.

Antes de saltar, se agarró a una barandilla metálica y plantó cara a un mar embravecido, pidiéndole una respuesta.

Zofia lo detuvo.

Él la miró atormentado, pero no pudo culparla de su error.

Dentro de ella, estaba él también.

La joven cogió su mano y lo sacó de allí.

Se registraron en un hostal pequeño, apartado del centro urbano. Una habitación de cemento blanca, una cómoda vieja y cama doble. La situación se encontraba fuera de control. No tenían un plan, pero estaban dispuestos a dialogar para determinar una solución al problema, aunque fuese por última vez. Se prometieron que no se marcharían sin una respuesta.

Zofia esperaba a León en el sofá mirando por la ventana cómo la lluvia caía sobre los tejados. Cuando León salió del baño, sonrió a la muchacha secándose el pelo con una toalla.

Ella se lanzó sobre los labios del joven.

—Voy a comprar algo de comida —dijo él.

—Iré contigo.

—Necesitas descansar —dijo.

Abandonó el paseo y se adentró en las callejuelas que conectaban con el casco antiguo de la ciudad para dar con una tienda. En menos de 24 horas de la desaparición de Zofia, su familia activaría un protocolo.

Regresó con lo justo en sus manos cuando avistó un Toyota Corolla blanco cerca del hostal. Tres tipos corpulentos con la cabeza afeitada, salieron del coche.

Fumaban, esperaban a alguien.

León bordeó la calle y alcanzó la parte trasera de su habitación.

Cogió un puñado de grava del suelo y la lanzó contra la ventana.

La joven no escuchó nada.

Agarró una piedra de mayor tamaño y la tiró la ventana.

Los cristales chirriaron, rompiendo la melodía del mar..

Zofia salió al exterior espantada.

—¿Qué haces?

—Te han encontrado, vámonos.

—¿Quiénes? —dijo la joven nerviosa con el secador en

la mano.

Golpearon la puerta varias veces desde el otro lado.

Se vistió rápidamente, un golpe más fuerte sonó en el interior.

Gritó desquiciada.

—¡Salta, joder! —gritó León.

—¡No puedo!

—¡Salta de una puta vez!

Saltó desde el primer piso y cayó al suelo, rasguñándose el muslo.

Corrieron calle a través, confundidos por el ruído de las cañerías, tropezando con los adoquines.

El Toyota blanco se detuvo en medio de la calle.

Dos tipos salieron del interior.

León se giró y vio al tercero.

—¡Vamos, León! —dijo Zofia.

Miró al cielo, sintió la lluvia sobre sus pómulos.

—No —dijo.

—¡León! ¡No! —gritó la joven a lo lejos.

Los tipos le pidieron que los acompañara. Él asintió.

Zofia forcejeó sin éxito, la metieron en el coche y desapareció.

El hombre del abrigo negro se acercó a León.

—¿Va a matarme? —preguntó con el rostro apretado.

El tipo sonrió.

Era rubio y tenía la raya del cabello a un lado. La mirada clara y el cuello corto. Levantó el brazo, mostrando que iba desarmado, enseñando un guante de cuero negro.

—Acompáñeme, señor Sánchez —dijo con acento británico.

—¿A dónde? —preguntó León.

La lluvia apretó, resonando en los adoquines.

—Alguien le está esperando.

Lo acompañó hasta un BMW de cinco puertas con los cristales tintados El coche dio varias vueltas formando círculos.

—Hemos llegado —dijo el hombre del abrigo negro y bajó del coche. Después abrió la puerta trasera.

León respiró hondo y abrió los ojos. Una caseta de madera. En la puerta, un rótulo de neón parpadeante.

El hombre del abrigo le sugirió que entrara. Escasos segundos con sabor a eternidad.

Cruzó la puerta de hierro. Dio un recorrido con la vista. Una nevera desconectada. Una mesa de madera, y él.

—Siéntese —dijo relajado. Era Komarnicki, el mismo que había visto en los diarios. Hombre de constitución atlética y traje azul marino. Un teléfono sobre la mesa y algunos documentos en papel. Komarnicki parecía un hombre de negocios regular, varsoviano y altivo.

León se sentó, apartando la silla a un lado.

—Uno de mis hombres está apuntando a su nuca —dijo —. No sea estúpido.

—No me puede matar.

—No tengo intención… —dijo y abrió una carpeta —, señor Sánchez.

Komarnicki movió meticulosamente los folios que había en la mesa y puso un sobre de color rojo frente a León.

Lo que tiene delante es una segunda oportunidad. En su interior hay un cheque, dos billetes de avión y una plaza en uno de los institutos más prestigiosos de la capital como profesor de español. Buenos honorarios, trabajo flexible y auguro que podrá compaginarlo con la exitosa carrera literaria que le espera… A cambio, usted desaparecerá del país, mantendrá silencio para el resto de su vida y no volverá a contactar con mi hija… Esta situación, no beneficia a nadie.

—Me está haciendo un favor… ¿Verdad? —preguntó León.

—Evito un desastre.

León miró el sobre dubitativo. Komarnicki lo seguía con la mirada. El chantaje era apetitoso, pero dos factores impedían que León lo tomara. Ceder al soborno político lo convertiría en lo que siempre había odiado. Las personas que habían cambiado el mundo supieron levantar la cabeza en alto en situaciones como aquella, en lugar de redimirse con sumisión. Posiblemente su acción no cambiara el curso de la historia, pero tenía claro que sí lo haría en la suya. Komarnicki esperaba impaciente las palabras de León que se debatían en un reinicio. No existía peor castigo que guardar una mentira a medias.

—¿Qué pasará con ella? —preguntó León.

—Tendrá una vida normal —dijo el político —. Eso no importa ahora.

—¿Y el bebé?

Komarnicki cogió el bolígrafo y lo pasó entre sus manos. Miró de nuevo a León.

—Abortará.

—¿Cómo? —preguntó León.

—No habrá bebé —dijo el político relajado —. Olvídese.

La pérdida de la criatura, lo trasladó a un infierno de pensamientos. Tendría que vivir con tal pesadumbre toda su vida.

—No —exclamó León —: No puedo.

Komarnicki suspiró. No fue la respuesta que esperaba.

—Si lo quisiera muerto, ya lo habría hecho —explicó —. No me interesa matar a nadie.

León menguaba cada vez más, pareciendo minúsculo al lado del polaco.

—Haga lo que le venga en gana —dijo él —. No acepto.

—No sea estúpido y tome lo que tiene frente a usted.

—Eres un malnacido —dijo León en un tuteo desafiante.

—No vamos a entendernos, ¿verdad? —contestó Komarnicki y meció su pelo hacia atrás. Sacó un paquete de Malboro Light, encendió un cigarrillo y dejó el paquete en la mesa —: La política es un trabajo como otro cualquiera. Estoy seguro que usted no es correcto tampoco... pero posiblemente obtuvo su puesto por mentir un poco... De hecho, estoy seguro de que miente a diario, que falsifica notas que bajan o suben, ya sabe... Tengo la certeza de que, antes de dormir, se justifica diciéndose que tal actitud no tendrá ningún tipo de trascendencia, porque, al fin y al cabo, todo se olvida, ¿verdad? Y así cada día... como usted, todos los que viven, culpando a otros... hipócritas corrompiendo desde lo más bajo... No me mire así, la sociedad está podrida desde dentro... No es algo nuevo... Si es capaz de aceptar esto, es capaz de vivir en paz y aceptar que el sistema nunca fue ni será perfecto... Mi trabajo no es muy diferente al suyo. Mis errores se olvidarán después de todo... El ser humano tiene el defecto de olvidar y confundir, de creerse lo que quiere..., pero la virtud de levantarse de nuevo. Así que escuche, nadie creerá a un demente en contra del futuro primer ministro del país... No tiene sentido... ¿Verdad?

León se giró y vomitó en el suelo.

Komarnicki le ofreció una botella de agua que había en la nevera.

—No sea idiota y tome el sobre... —dijo el político —. He de marcharme, señor Sánchez. Espero no verle jamás.

Komarnicki abrió la puerta. El aire frió corrió dentro del bar, dando un bofetón de oxígeno a León, revitalizándolo por segundos —: Y no olvide que mis ojos son su sombra.

Komarnicki subió a un coche, se escucharon puertas cerrar y el ruido del vehículo se perdió en la lejanía.

León escuchó ladridos de perros.

Miró atentamente al sobre de color rojo que yacía en la mesa.

León regresó al hostal, no quedaba nadie. Pidió un taxi y regresó hasta la estación de tren. Aparentemente para él, todo estaba perdido. En el quiosco de la estación vio un periódico en el que Komarnicki aparecía haciendo declaraciones.

—Maldito cabrón… —exclamó.

Se había llevado a la joven para siempre.

Durante el viaje hasta Gdańsk pensó en una solución: salvar su vida o la de ambos.

En Polonia no lograría hacer nada. Muchos querrían la cabeza de Komarnicki, pero su enemigo lo estaría vigilando desde cerca. Como ciudadano común de vida mundana, fue un duro golpe. Uno no es consciente del alcance que tiene sobre otra persona una simple amenaza. El relativismo de la importancia hace que provoquemos mundos infinitos de miedo y temor que sólo existen en nuestros pensamientos. Pero lo que más le aterraba, era no poder salir vivo de todo aquello.

Subió al tren que lo llevó de camino a Varsovia y, comenzó a trazar un plan mental que ejecutaría al llegar a la capital.

Frente a él en la cabina, una mujer de mediana edad con pelo oscuro y medias opacas.

El resto eran hombres.

Regresaría al apartamento y tomaría sus pertenencias. Necesitaría alcanzar el aeropuerto pasando desapercibido. Debería andar con cuidado.

Regresando a España y desde allí, buscar el amparo necesario para denunciar lo ocurrido. Desgraciadamente para León, durante la confabulación del plan, había ignorado un factor clave: Zofia. Cavilaba en sus asuntos cuando vio algo en la pantalla del teléfono de la mujer que lo sorprendió. Komarnicki viajaría a Londres para reunirse con el primer ministro inglés.

La mujer levantó la vista y sonrió a León. Intentaba enviarle un mensaje.

La señora se levantó y caminó hacia el pasillo.

León siguió el rastro de perfume que la mujer había dejado. El olor lo llevó hasta la última cabina.

—Hola León —dijo.

—¿Quién eres? —preguntó.

—No importa —dijo la mujer y sacó un teléfono del bolso —. A partir de ahora, usa este teléfono. Tiene registrados varios números.

—¿Qué es todo esto? —dijo León nervioso.

—Adiós, León —dijo con una sonrisa y el tren se detuvo. La mujer salió de la cabina y se apeó del vagón.

10

A las once de la mañana del día después de la llegada a Varsovia, León despertó en su casa como cada mañana. Las heridas de su rostro habían casi desaparecido pese a que su aspecto carecía de vitalidad. Comprobó los billetes de avión y los horarios disponibles para el primer avión con destino Madrid. Navegó y registró una cuenta de correo electrónica nueva desde la que escribió a Zofia un mensaje encriptado. Supo que alguien lo interceptaría. Un correo vacío. Aquello los mantendría ocupados rastreando la dirección de origen.

Al terminar, se fue a duchar cuando el teléfono sonó.

"Mira por la ventana.", decía el mensaje.

León se acercó a la ventana y vio la ciudad vacía, casi dormida. Todo le parecía minúsculo, despreciable.

"Doce en punto.", dijo otro mensaje. León caminó hasta su cuarto y cogió su cámara fotográfica. Amplió la visión del objetivo en dirección a las doce respecto a las agujas del reloj.

Una mujer en la ventana, la llama de un cigarrillo.

"Bien hecho.", dijo.

"¿Quién eres?", contestó.

El teléfono sonó.

—¿Hola? —dijo León.

—León, no estás solo —dijo la mujer —. Estamos contigo.

—¿Quién eres?

—Komarnicki… —dijo la mujer.

—Un momento, un momento… —dijo León nervioso.

—Él y los suyos…

—Escucha, no entiendo nada…

—¿Sabes qué pensarán cuando todos sepan que su hija está embarazada?

—¿Cómo sabes eso? —preguntó León.

El corazón le latía en la garganta.

—Te lo explicaré todo más tarde, León…

—¡Espera, espera!

—…

—¿Hola? —dijo — ¡Mierda!

Al otro lado del teléfono no contestó nadie. Se escuchó un ligero golpe, como si hubiese caído al suelo. Después varios hombres entraban en el apartamento. Volvió a mirar por su cámara de fotos. Las luces se encendieron, dos hombres forcejearon con la silueta.

Las luces se apagaron de nuevo.

Esperó varias horas hasta que tomó la línea que lo llevó al aeropuerto.

El vehículo estaba lleno.

Supo que lo seguían. Un hombre con gafas redondas se sentó tras él. Lo había visto antes, aunque no recordó en qué lugar.

Atemorizado, se bajó y caminó hasta un hotel para sacar dinero.

—Perdone, ¿podría llamar a un taxi? —dijo ansioso en la recepción.

—El servicio es sólo para clientes.

—Es una urgencia.

El recepcionista negó con la cabeza y León prefirió no insistir antes de llamar la atención de los pocos que rondaban por allí.

Salió de nuevo a la calle y levantó el brazo hasta que logró parar a uno de los taxistas que conducían al aeropuerto. Pidió al taxista, un hombre cerca de jubilarse, que fuese lo más rápido posible. El anciano pisó el acelerador como si nada le importara más.

Escasos metros antes de llegar al mostrador, el tipo con gafas redondas se cruzó en su camino.

—Buenas, señor Sánchez —dijo con acento marcado. Iba acompañado de otros dos tipos, vestidos como ejecutivos y de tamaño superior —: ¿Tiene prisa?

—Se equivoca de persona —dijo León.

El hombre con gafas redondas negó con la cabeza.

—Me temo que no —dijo —. Regrese a su apartamento, señor Sánchez.

—¿Voy a perder mi vuelo? —preguntó —. Se lo ruego…

—Por su seguridad y la del primer ministro —explicó, respaldado por los otros dos —, no podemos dejarle salir de la ciudad.

—¿Primer Ministro?

—Márchese… —dijo el hombre tocándole el brazo.

—No soy a quien busca.

—Seguro.

Sintió una pequeña descarga muscular.

Miró a su alrededor en busca de ayuda pero tuvo la sensación de haberse vuelto invisible para el resto de personas.

Cuando León despertó, pensó que todo había sido un sueño. La luz de la mañana golpeó su rostro. Ya no sentía las dolencias y se encontraba descansado. Había sudado, olía a agrio. En la habitación encontró varias botellas de cerveza encima de la cómoda, pero no tenía resaca.

—Oh, demonios —dijo y se levantó. Caminó hasta el salón y miró al edificio de enfrente, sobre el que descansaba un rótulo gigante de Coca-Cola.

Regresó a la habitación y tomó su cámara de fotos. Amplió la visión por la ventana y buscó el apartamento en el que la mujer con el cigarrillo en la mano, aparentemente Kasia, había desaparecido.

Allí no había nadie.

La situación cambió.

Por la cámara pudo ver a una mujer mayor, jubilada, viendo la televisión junto al que sería su marido, un hombre calvo y gordo con una camisa de cuadros.

Nadie más.

Los muebles tenían una distribución distinta.

No quedaba nada de lo sucedido.

Se metió en la ducha y se vistió. Recordó que tenía que regresar al trabajo.

Accedería al expediente de la joven, era el único modo de dar con su dirección.

Ella no le había dicho nunca dónde vivía y tampoco tenía tiempo para jugar a las adivinanzas. Así que decidió hablar con Chlebek, inventar alguna excusa creíble, incluso chantajearlo con algo. León estaba desesperado.

El Liceum Copernicus brillaba con normalidad. Pulcro y clasista, las chicas entraban en los pabellones sin generar alboroto. La ausencia de padres era aterradora. León siguió su ruta habitual y alcanzó la sala de profesores cuando el señor Chlebek se interpuso en su camino.

—Señor Chlebek —dijo León con un falso entusiasmo —. Veo que no me han echado de menos...

—Señor Sánchez... —dijo el hombre viejo —. Acompáñeme a mi despacho, por favor.

—¿Ocurre algo? —dijo León.

—No sé cómo se atreve a venir.

León caminó hasta la oficina de Chlebek. El hombre mayor abrió un maletín sacando varios periódicos y poniéndolos sobre la mesa. En ellos, había subrayado varios artículos en los que se denunciaba una agresión xenófoba. La persona nombrada había agredido a un empleado. Junto a las declaraciones, en el artículo aparecían fotos tomadas por dispositivos móviles en las que se apreciaba un rostro con cierto parecido a León..

—Esto es una broma, ¿verdad?

Chlebek señaló que el agresor era un profesor del centro, reduciendo las opciones a una.

—Hemos hablado con la policía y nos ha corroborado la información —dijo nervioso —. Hemos hablado con el joven para que anulara la denuncia pero se ha negado. Qué cojones has hecho, León.

—¡Venga, hombre!.

—Cálmese.

—No me cree, ¿verdad? —dijo desesperado —. Este no soy yo.

—Lo lamento pero queda suspendido..

—¿Me va a despedir?

—Márchese con dignidad y no me obligue a llamar a los de seguridad.

León respiró profundamente y puso las manos sobre el despacho.

—Está bien… Pero antes de irme… —dijo sin oponerse. Chlebek lo miró con incertidumbre —: Deme el expediente de Zofia Komarnicka.

—No —contestó.

León cogió un abrecartas de la mesa y tiró de la corbata de Chlebek.

—Te rajaré el cuello como a un cerdo.

—Se arrepentirá.

—Cierra la puta boca y dame el expediente —dijo apretando los dientes.

—No tengo acceso a ellos.

—No te creo.

—Soy un mero intermediario —dijo resignado —. De verdad, no me haga daño...

—Conoces a Komarnicki, ¿verdad? —preguntó León.

—Nunca en persona… —dijo el viejo acongojado.

—¿Quién te da las órdenes?

—Suélteme, por favor.

León lo soltó y tiró el abrecartas al suelo. Chlebek se recompuso y sacó un teléfono de su cartera. León salió corriendo por las escaleras. Los pasillos estaban vacíos. No tenía mucho tiempo hasta que los guardias de seguridad privada lo encontraran. Chlebek no llamaría a la policía, o al menos, eso supuso él. El viejo no permitiría otro escándalo.

León observó por los cristales de las puertas, buscando a Zofia, pero no la encontró. En el aula donde impartía clases, se encontraba entonces Mateusz.

León golpeó la puerta.

—¿Puede salir? —dijo.

—¿Qué haces aquí? —dijo Mateusz pausando la lección.

—Necesito tu ayuda.

—¿Qué pasa? ¿Dónde te has metido? —dijo moviendo los hombros hacia delante junto al marco de la puerta.

—Es largo de explicar.

—A las seis en el restaurante checo de Plac Konstytucji —dijo Mateusz —. No tardes.

León y Mateusz se encontraron en un conocido restaurante checo de carne y cervezas de litro. Los neones del período socialista aún resistían a desaparecer, parpadeando en lo alto del establecimiento. Mesas llenas, colas y gente en la calle, algo usual de ver para los varsovianos que caminaban alrededor de la plaza.

León era consciente de que necesitaba más tiempo para atar los cabos de una historia. Pensó en que alguien lo había estado traicionando desde el principio. La lista de candidatos era escueta y Mateusz encabezaba la primera posición. Caminó vio cómo su compañero de trabajo entraba en el restaurante, cruzaba unas palabras con un joven camarero y se sentaba en una mesa libre.

—Llegas tarde —dijo Mateusz. Supo que lo haría, por eso se lo había advertido —: Ya me he enterado de lo tuyo.

—Lo mío.

—Sí —dijo molesto —. No puedes ir por ahí golpeando a quien no te dé la razón.

—Tú también te lo crees.

—¿Por qué no? —preguntó ofendido —. Bueno, qué más da. ¿Qué vas a hacer con tu trabajo?

—Necesito tu ayuda.

—Cualquier cosa.

—¿Puedo confiar en ti? —preguntó León.

—Tus razones tendrás para hacerlo o no. —dijo el polaco. León guardó silencio y un camarero con una bata de médico, se acercó a la mesa.

—¿Saben los señores qué comerán?

Pidieron filetes empanados de cerdo y cervezas. El camarero tomó nota y se marchó

—Actúas de un modo muy extraño, venga…—dijo el polaco—. ¿Vas a contarme qué ocurre?

—¿Quién posee acceso a los expedientes? —preguntó

León.

—Chlebek.

—Tengo que buscar una dirección.

—¿Qué tramas?

—Nada… —explicó León —. Simplemente, necesito un expediente.

—¿Para qué? —preguntó Mateusz desconfiado —. No puedo ayudarte sin una buena razón.

—Confia en mí, Mateusz.

—No puedo, de verdad —dijo el polaco —. No soy un hombre de buscar problemas…

—Alguien intenta deshacerse de mí.

—Te lo advertí desde el principio —dijo —. La gente habla, sabes…

—¿Qué? —preguntó León.

Tuvo la sensación de haber perdido algún detalle.

—Odio esperar… Toda la puta vida igual… —dijo el profesor polaco untando un poco de foie en el pan —. Lo siento, León. No puedo ayudarte esta vez. Te aprecio, pero qué diría mi mujer si perdiera el trabajo… Mi vida es diferente a la tuya. Prefiero tener las cosas sobre la mesa, todo bajo control… Hemos vivido mucho tiempo sin seguridad, sin saber qué sería de nosotros, de mí… Ahora disfruto de una vida normal, el sol no sale siempre… pero tengo que dar gracias por ello. No quiero otra cosa. Me gusta la rutina que tengo, saber que todos los días serán iguales hasta que me muera, que lo serán ahora, y no en el pasado, que vivíamos rodeado de cerdos, viendo cómo hacían suyo lo nuestro… Me gusta saber que no tendré que preocuparme si cumplo con lo establecido.

El teléfono vibró en el bolsillo de León.

—Disculpa… —dijo levantándose de la mesa —. Necesito ir al baño.

Mateusz asintió masticando.

Subió las escaleras y entró en el baño. Golpeó la puerta

para asegurarse que no hubiera nadie, no obtuvo respuesta.

—¿Sí? —dijo.

—Tienes que salir de ahí —dijo una voz femenina —. Es un traidor.

—¿Kasia?

—Sí —dijo la mujer —. Intentarán envenenarte.

—¿Cómo? —dijo sorprendido.

—Escúchame atentamente —explicó —. Vuelve a la mesa y actúa con normalidad. El camarero regresará con dos vasos. Sé rápido y coge el alargado. Después traerán la comida. No la pruebes. Cuando el camarero traiga una fuente con patatas, alguien la tirará al suelo... Asegúrate de que Mateusz coma. Se pondrá nervioso... Después corre hacia el sur y busca el bar vietnamita, sal por puerta trasera de la cocina... Un coche rojo te estará esperando.

—Esto es una locura —dijo León —. Es Mateusz...

—No hay tiempo.

—¿Cómo sé que puedo confiar en ti?

—Ambos queremos encontrar a Zofia, ¿verdad? —dijo la mujer y colgó.

León tiró de la cisterna y un hombre entró en el aseo.

Bajó las escaleras y se acercó a la mesa, tembloroso. Cada vez que despertaba, León creía que se había tratado de un sueño. Sin embargo, el sueño se convertía en realidad, siguiéndolo a donde iba, atravesando sus pensamientos.

—¿Por qué has tardado tanto? —dijo Mateusz.

—Hora punta, al parecer...

—No importa... —contestó. Mateusz había terminado con el pan. Mostró nerviosismo, hasta León lo pudo palpar en el aire —: ¿Y bien? ¿Me vas a decir de una vez de qué va todo esto?

El camarero apareció con dos vasos de cerveza como habían ordenado, no obstante, los dos vasos eran iguales.

Todos los presentes allí actuaban de un modo extraño. Los vasos estaban separados con una distancia prudencial para no ser confundidos, así que cuando el camarero fue a servir el primero, León se levantó y los puso sobre la mesa, invirtiendo el orden.

—¿Se puede saber qué haces? —dijo Mateusz.

A León le temblaba las manos casi tanto como a Mateusz la voz. Se desconocía quién iba a salir vivo de allí. Poco a poco, entendió que todo era una trampa.

—Brindemos.

—Espera… —preguntó Mateusz —. Tengo que llamar primero a ese camarero…

León dio un golpe en la mesa.

—¿Me vas a negar el brindis?

Levantaron el vaso sin despegar las miradas y dieron un largo trago, posiblemente el más largo de sus vidas.

El camarero se acercó con un plato con patatas, pero un cliente tropezó, tirándolas al suelo. El empleado se disculpó y otro acercó otro plato.

—Nunca fuimos amigos… —dijo León —. ¿Verdad?

—Te lo advertí, León —contestó —. No soy hombre de problemas…

—¿Quién eres? —preguntó —. ¿De qué va todo esto?

—Me caías simpático… ¿Sabes? —dijo —. Habrías hecho carrera en el partido…

—¿Dónde está Zofia?

—Eres un pobre necio idealista… —dijo —. Estás perdido, no tienes salida.

—¡Habla!

—Ya están en camino —dijo el polaco —. No montes una escenita, ¿quieres?

—¿Quiénes sois? —preguntó León.

—¿No lo entiendes? —dijo Mateusz. Su voz comenzó a debilitarse —: Somos todos… la persona que trabaja en la tienda, el camarero de la cafetería de la esquina, el taxista, el conductor de autobús que te lleva cada mañana a trabajar… Somos los únicos que nos preocupamos por restablecer el orden en este país y en la antigua Europa. Komarnicki no está solo. Un nuevo período para la nación y el imperio, está por llegar… Debemos defendernos de quien busca atacarnos, pero sobre todo, de los fanáticos islamistas, de la lacra federalista y las teorías igualitarias que no han hecho más que demostrar lo ineficaces que son… Europa se enfrenta a un problema muy grande, a una invasión racial, espiritual, que nos infecta como una epidemia, sin poner remedio a tal desastre… Tenemos que cuidar a los nuestros antes de que su dogma se imponga por la fuerza.

—Me das asco, hijo de la gran puta —dijo León desbordado.

—¡Cometes un error, León! —gritó Mateusz enervado pero cada vez más débil —. Sólo te importa la chica y no eres consciente del daño que haces a esta nación. Los revolucionarios te usarán como mártir para cantar la victoria. No dudes que se desharán de ti cuando no te necesiten… No son más que animales solitarios, traidores de su patria. Tú no eres un héroe, León, tú sólo buscas a Zofia… Vuelve a tu país, lárgate antes de que sea tarde… No confundas sus intereses con los tuyos, saldrás muy lastimado. No pienses que te traicioné… Traté de ayudarte, protegiendo siempre a los míos…

—Por última vez —dijo León levantando la voz —. ¿Dónde está Zofia?

Mateusz le regaló una sonrisa y se desplomó en la mesa, metiendo la cabeza en el plato de comida. Ante la mirada de los comensales, León se levantó y salió a paso ligero del restaurante. Se escucharon sirenas de policía. León caminó bordeando la manzana, entró en un pequeño restaurante vietnamita y corrió más y más entre una cocina sucia y maloliente hasta llegar a la puerta trasera, a un callejón por el que sólo había una salida. A lo lejos vio el coche rojo, esperando con los intermitentes en marcha. Escuchó varias voces y salió disparado. Dos tipos con traje entraron en escena, persiguiéndolo. El coche rojo encendió el motor. León sentía las zancadas más y más cerca. Abrió la puerta trasera y se metió en el coche. Uno de los tipos se abalanzó y León le regaló un pisotón en el brazo. El coche aceleró tirando al tipo al suelo, perdiéndose en una larga calle secundaria.

León miró al conductor.

Era un joven barbudo y tatuado.

—Tómate dos —dijo el joven entregándole un bote de píldoras —. Quédatelo, las necesitarás.

Una hora después, entraron en un bloque de pisos. El frío de la calle entraba por las ventanas rotas, mezclándose con el olor a humedad y orín de las esquina. El joven caminó delante de León hasta el apartamento 24, sacó su teléfono y marcó un número.

La puerta se abrió y la mujer se abalanzó sobre León con un abrazo.

Era Kasia, su compañera de trabajo.

—Vamos dentro, hay algo que debes saber.

11

El apartamento era escueto y antiguo. En la habitación había un sofá cama abierto con una maleta con ropa encima.

La tetera silbó y Kasia sirvió el té. El joven que lo condujo hasta el piso franco, los dejó solos. Kasia invitó a León a que se acomodara pese a que el lugar fuera minúsculo. Tras una taza caliente y una buena ración de carne, llegó el turno de las preguntas. León no sabía por dónde empezar. Kasia vestía un conjunto de blusa y falda azul, elegante y comedida, con el pelo recogido y los labios de carmín, preparada para pasar inadvertida entre las sombras.

Sin la intervención de León, nunca habrían sabido cómo llegar hasta Komarnicki.

Ella era una de las líderes de la contrarrevolución. Durante los últimos años, el pueblo polaco se había vuelto reacio a los cambios que Europa había impuesto. No eran revolucionarios de vocación, pero la elección nunca fue una opción para nadie. Las medidas retrógradas y conservadoras, habían llevado al descontento de muchas personas que poco a poco dejaron de confiar en los medios de comunicación y las políticas del Gobierno. Jarosław Kaczyński fue sucedido y su partido perdió todo el poder en las sucesivas elecciones. Entonces apareció Komarnicki, como la alternativa ideal. Un pequeño, joven y refrescante partido que denunciaba los cambios que se pidieron previamente. Komarnicki se volvió más popular entre la vieja guardia polaca con medidas populistas basadas en la propagación de bulos y mentiras, abriendo de nuevo las heridas del pasado y alardeando de poseer un sistema férreo que promovía la expulsión de todo lo que estuviera contaminado de anti-patriotismo. Así que, tras un ficticio modelo demócrata progresista, Varsovia fue el campo de pruebas de un experimento europeo que aún no había sido probado. Komarnicki se ganó el apoyo del resto de líderes europeos, teniendo amigos a ambos lados de las fronteras. Los liberales veían en él un icono de progreso, los socialistas, veían en él un error rotundo, y por tanto, una puerta para renacer. Pero Komarnicki pronto los traicionaría a todos. Mientras tanto, el temor y miedo de una vuelta a los totalitarismos nació en la capital del país. Los ciudadanos sentían la presión de no poder desarrollar sus vidas con normalidad. Aparecieron los primeros casos de acoso y extorsión a abogados, periodistas, docentes… y la lista fue en aumento, mientras las fuerzas del Estado omitían lo sucedido. En las escuelas, se tergiversaba la historia, afirmando que la sociedad no era sino un modelo imperfecto del ser necesario de erradicar para alcanzar el orden.

La gente de Komarnicki se alió con los viejos nostálgicos del socialismo que aprovecharon para retomar sus antiguos puestos laborales, burlando los sistemas burocráticos, permitiendo multitudinarios actos de corrupción con sobres manoseados repletos de dinero.

Era un secreto a voces que pocos estaban dispuestos a escuchar.

Cuando se quisieron dar cuenta, fue demasiado tarde.

Un grupo de intelectuales, trabajadores y directivos de empresas, financiaron un partido político encabezado por Jan Caba, un conocido filólogo, con el fin de traer de regreso a una masa que se adormecía en un sueño eterno. Una mañana de marzo, ante uno de los actos más multitudinarios que el filólogo daría en representación de los azules, varios miembros encontraron a Caba ahorcado en la habitación de su hotel en Cracovia. La policía cerró el caso declarándolo como suicidio voluntario. Los medios nunca se hicieron eco de la noticia.

La organización se disolvió poco más tarde. Komarnicki sumaba posiciones con el paso de los meses.

Kasia logró el trabajo como profesora en la escuela, gracias a su marido, uno de los economistas de Komarnicki. Su matrimonio había sido auténtico durante los primeros años hasta la llegada de Komarnicki a la política. Un nuevo salario para su marido, un puesto de trabajo frente a la dirección del gabinete económico y una vida llena de secretismo.

Cuando Kasia descubrió que la hija de Komarnicki estudiaba en el Liceum Copernicus, los insurgentes barajaron la posibilidad de planear un secuestro. Lamentablemente, no eran terroristas, ni secuestradores. No eran guerrilla urbana. Eran ciudadanos presos en una opinión colectiva, en un pensamiento que no habían gestado, en un lavado de cerebro voluntario. Pero carecían del entrenamiento físico adecuado. El romance entre la joven y el profesor.

Una mañana, varias semanas atrás, Kasia se encontraba hablando con Chlebek en su despacho cuando recibió una llamada privada. Fue Komarnicki. El director apuntó un nombre y pidió a Kasia que se marchara. Por alguna razón, Chlebek permitía la presencia de la mujer en su despacho, quizá por membresía o por ser la esposa de un camarada. Aquello le llevó hasta León y poco después, hasta el romance entre el profesor y la alumna.

León quedó silenciado. No supo qué decir.

Se levantó de la cama y vomitó en el fregadero.

—Estoy bien, estoy bien… —dijo él colorado —. No soy

muy bueno recibiendo noticias…

—Toma —dijo ella.

Bebió de la botella y se sentó sobre el colchón.

—Esto es serio, ¿verdad? —dijo León. Kasia asintió con la cabeza —: ¿Cómo sabíais de Mateusz? ¿Por qué me habéis elegido a mí?

—Las respuestas vendrán, pronto —dijo apaciguándolo —. Te lo prometo.

—Yo no quiero enfrentarme con nadie… —explicó.

—Tienes que ser fuerte.

—No, no puedo.

—¿Por qué no aceptaste el soborno?

El joven se detuvo. Entendió que dentro de él había algo que lo impulsaba a estar salpicado por todo aquello. Rechazó el soborno de Komarnicki porque significaba manchar sus manos de sangre, arrebatándole el sueño, sepultándolo en la más profunda culpa. Comprendió que Kasia y los suyos estaban tan desesperados como él. Para todo, siempre existía un por qué.

León la miró detenidamente. Sus ojos revelaban el llanto de una mujer abatida pero apoyada en la fe, de un alma débil y ciega que clamaba ayuda por los poros de su piel.

Tomó conciencia, de cada uno de los puntos conectados que lo habían llevado hasta aquella habitación.

No creía en las casualidades, creía en el destino.

Se levantó enfrentándose a sí mismo frente a un viejo espejo manchado que había en la habitación, tocó su rostro, la barba cerrada de varios días.

Meció su pelo negro hacia atrás y se tocó los brazos.

—¿Qué se supone que debo hacer? —preguntó frente al cristal.

—Los planes han cambiado —dijo.

—¿Cuándo?

—Ahora mismo.

Kasia encendió una pequeña radio para escuchar las noticias.

Komarnicki viajaba a Londres para propagar su mensaje unionista. La comunidad polaca en el país anglosajón era grande. Resultaba de suma importancia estrechar sus intereses con el primer ministro británico.

—Él es la equis del mapa —dijo Kasia.

—Es una excusa, ¿no?

—Sí —dijo Kasia —. Ella abortará allí.

Durante las siguientes horas, León descansó, bebió litros de café, cambió su apariencia y el color de su pelo, tiñéndolo de rubio, haciéndolo irreconocible.

Estudió manuales de precaución que Kasia había imprimido en internet. Medidas escritas por anarquistas que explicaban cómo ser invisible ante la policía, fabricar armas de fuego o incluso desarrollar una escritura concisa. Montones de folios, con anotaciones en polaco y la sensación de haber sido tocados por otras manos. Leyó en la cama con la radio encendida hasta quedarse dormido. El humo del pan tostado de la sartén lo despertó. Allí se encontraba su café matinal, humeante en la taza.

—Buenos días —dijo la mujer. León percibió su presencia como algo bello. Kasia era una mujer atractiva que no se mostraba lo suficiente.

Aquella mañana, vestía de negro una vez más.

—Buenos días —dijo León —. Bonito vestido.

La mujer, de espaldas, suspiró.

—Eres muy amable —contestó —Necesitas tomar fuerzas.

Sacó un sobre amarillo del tamaño de un folio y lo puso junto al desayuno

—Veo que leíste hasta tarde.

—¿Qué hay en el sobre? —preguntó León dando un sorbo al café. Kasia sacó su teléfono y le mostró una foto a León.

—Es nuestro contacto en Gazeta Wyborcza —explicó la mujer —. Se llama Hubert Kowalczyk. Está con nosotros desde el principio.

—¿Por qué ahora? —dijo León.

—Prometimos no contactar con él hasta que no tuviéramos pruebas suficientes.

—Entonces después de esto, se terminó todo, ¿no? —preguntó León.

—Estos documentos no prueban nada si no sale a la luz el embarazo de Zofia…

—Estamos hablando de una adolescente.

—No sé cuándo tendremos otra oportunidad tan clara…

—explicó —. No creo que tengamos ninguna otra.

—No —dijo León —. No puedo hacerle esto.

—No tienes opción —dijo Kasia.

—¿Qué sucederá si fracaso? —preguntó León —. ¿Has pensado en eso?

Kasia se sentó junto a León, con las piernas cruzadas.

—Mírate, León. Míranos —dijo —. ¿Crees que quiero pensar en ello? No sé qué será de nosotros, si tendremos que vivir como fugitivos… No lo sé. No es la vida que mis padres eligieron para mí… Tenemos que arriesgarnos, no te puedo prometer nada.

—Es una responsabilidad demasiado grande.

—Eres nuestra única opción… —dijo la mujer, acercándose al rostro de León, cerrando los ojos, besándolo suavemente.

—Kasia… —dijo el joven dejándose llevar por las caricias.

Sus labios se fundieron en un beso más y más intenso.

De repente, el portero electrónico los interrumpió.

Alguien introdujo el código en la puerta del bloque.

—¿Esperas a alguien? —dijo León. Kasia se levantó rápidamente, caminó hasta la cocina y agarró una barra de madera.

El timbre sonó.

Golpes al otro lado de la puerta.

Kasia comprobó por la mirilla.

—Es mi marido —susurró.

—¿Qué hacemos?

La puerta volvió a sonar.

—Escóndete.

Kasia le entregó la barra de madera al joven profesor.

León se escondió en la pequeña pared separaba la puerta del baño y la entrada al apartamento.

—¿Jakub? —dijo la mujer.

León escuchó una violenta bofetada.

La mujer gritó.

—¿Dónde está? —exclamó el hombre.

—¡No sé de qué me hablas!

El hombre le dio otro bofetón aún más fuerte.

—¡No me mientas, maldita zorra! ¿Dónde está tu amante? —repitió.

—¡Apestas a alcohol!

Cuando fue a calentarle de nuevo la cara, León apareció por detrás, golpeándolo con la barra de madera.

El tipo se desplomó como un saco de arena.

La adrenalina recorrió su cuerpo.

—¿Lo he matado? —preguntó agitado.

Ella comprobó el pulso de su muñeca.

—Está inconsciente —dijo la mujer con la cara enrojecida —. Márchate, yo me encargo.

—¿Estarás bien? —Preguntó León. Kasia tenía el labio partido.

—No podrás volver aquí.

León agarró el sobre y salió del apartamento. El frío gélido atizó su rostro como papel de lija. Algo le dijo que jamás volvería a ver a Kasia.

Nunca aprendió a encajar las despedidas.

Fue extraño decir adiós para siempre a alguien que aún no se había marchado.

12

La galería estaba vacía. Los curiosos paseaban en silencio, susurrando a las parejas su opinión sobre las obras. Blancos y más blancos en una galería modernista. Un escenario peculiar y minimalista.

Una joven con el pelo oscuro posaba frente a una imagen en la que había representado un ojo humano. Un dólar americano. Una crítica al poder, a la masonería. Un billete gigante en blanco y negro.

La joven llevaba unos vaqueros estrechos de color negro, una camisa blanca por la que se transparentaba un sujetador. Pensativa, observó el cuadro, buscando un significado que aparentemente no existía.

—El mensaje no es en la imagen sino lo que representa —dijo una voz masculina que provenía de la nada.

La joven se mantuvo estática, mirando por el rabillo. Un tipo rubio con un abrigo negro y náuticos marrones.

—El consumismo no es un mensaje sino una doctrina. Es el dinero el que está siempre con nosotros, observándonos, infundiéndonos el miedo —expuso la joven —. Nacemos con él y morimos a su lado. Es una necesidad, un objeto de deseo que nunca logramos realizar.

—Necesito tu ayuda, Anna.

—¿León? —dijo girándose —. Oh, Dios. Menudo aspecto…

—Es una larga historia.

—Espera —dijo —. ¿A dónde crees que vas?

—Tienes que ayudarme, Anna.

—La última vez que te vi fue junto a esa cría. —expuso —. ¿Crees que puedes aparecer y desaparecer en la vida de los demás, así, sin explicaciones?

—Eres la única persona en la que puedo confiar.

—No puedes hacerme esto.

—Sólo una noche —dijo —. Prometo contártelo todo.

—¿Ahora? —preguntó la joven.

—Te espero en la puerta trasera.

—No hay puerta trasera, León.

—Es igual —dijo —. Date prisa. Nos vamos.

—No iré a ningún sitio hasta que no me des una explicación

—¿Quieres escuchar la verdad, Anna? —dijo encarándose con el rostro tenso.

—Sí.

—Entonces, confía en mí —dijo.

Anna se acercó a los visitantes de la galería y les pidió entre susurros que se marcharan. Cerraron la galería y se subieron a un Fiat de color azul. Las iluminación nocturna de Varsovia hacía de las calles un mosaico de colores que brillaban bajo la mirada atenta del Palacio de Cultura. La avenida Jerozolimskie parecía un hormiguero de coches. Anna sorteó las colas atravesando el centro de la ciudad. Se había mudado a una zona de clase media. El barrio era tranquilo, los edificios eran relativamente nuevos y los vehículos aparcados, caros. Un distrito de funcionarios y viejas glorias. Abandonaron el coche bajo el ojo de las cámaras de seguridad y entraron en un portal.

El apartamento de Anna era más de lo que podía haber aspirado León. Tenía los caprichos de una niña con poder adquisitivo: tecnología de marca, zapatos caros, productos culinarios importados, cultura en formato físico, detalles insulsos y muebles de IKEA. Pidió una pizza por teléfono y abrieron una botella de vino. León le contó toda la historia, el rostro de Anna se convertía en un vaivén de expresiones dramatizadas por el vino.

Necesitó varias horas para explicarle quién era Zofia, Komarnicki, sus secuaces y un convincente argumento que explicara el por qué de su pelo.

Cuando terminó el relato, Anna aplastó el quinto cigarrillo sobre el cenicero.

No dio crédito.

—Un momento... ¿Dejaste embarazada a una alumna?

—¿Eso es todo lo que vas a decir? —preguntó León.

—¿En qué estabas pensando?

La joven polaca se levantó y caminó hasta la cocina. Rellenó la copa de vino todo lo que pudo y dio un largo trago. Estaba nerviosa.

León la observaba desde el sofá, pensando cómo convencerla para que lo ayudara.

—Hay cosas que no cuadran en esta historia...

—Tienes que creerme.

—Nadie ha mencionado nada de lo que dices —explicó Anna —. ¿Te has escuchado?

—¿Por qué habría de inventármelo?

—No lo sé, León —dijo Anna —. Puedes quedarte aquí el tiempo que necesites hasta que organices tus ideas. Todo esto suena descabellado pero no tengo otra opción. Descansa, y no te preocupes por el dinero... y tampoco por mí. Vivo sola... Parece que estoy destinada a atraer a lunáticos como tú.

León metió la mano en su abrigo, que reposaba sobre el sofá, y sacó el sobre amarillo. La muchacha leyó su interior. Folios y más folios, escritos en polaco, firmados. Documentos oficiales, contratos, correos electrónicos, mensajes de texto. Un dossier de la trayectoria de Komarnicki en los últimos doce meses. Un listado de acciones, recortes de noticias, facturas y números que delataban las intenciones del aspirante a primer ministro del país. Anna dejó los papeles sobre la mesa y dio otro trago a la copa.

—¿Qué pasará con la galería? —dijo ella mirando al techo.

—Deja de pensar en ti por un momento.

—Lo siento.

—Necesito encontrar a este hombre —dijo mostrándole una foto del periodista, un hombre calvo con bigote blanco —. Es el único que nos puede ayudar.

—Fue mi profesor en la facultad. Es Hubert Kowalczyk.

—¿Cuál es la forma más rápida de llegar a Londres? —preguntó León.

—¿Para qué quieres ir a Londres?

—Es parte del plan —dijo él.

—Deberías entregar estos papeles... y dejarlo estar —dijo ella —. Las autoridades se encargarán.

—Si no voy a Londres, la chica abortará —dijo León —. Tú perderás tu galería, piénsalo.

—Mierda... —dijo ella —. Está bien, está bien.

—Necesitamos aterrizar allí antes de que abran las clínicas.

—No sé... ¿Desde el aeropuerto? —dijo Anna.

—No es seguro, y estará controlado... —dijo él —. Debe haber otra opción, piensa, Anna.

—Hay una conexión desde Cracovia —dijo ella —. En tren, llegaríamos de madrugada y tomaríamos el primer vuelo de la mañana a Londres.

—No —dijo León.

—¿Qué?

—Tú no vienes —contestó —. No puedo hacerme responsable de lo que te ocurra.

—Perdona, León —dijo Anna levantando el tono de voz —. Yo soy la que decide si voy o no. Yo pago los billetes, yo hago las llamadas, yo decido. Espero que te quede claro.

—¿No entiendes que es una locura?

—¿Qué voy a hacer? ¿Quedarme aquí para verlo en las noticias? —dijo ella —. Además, desde que te fuiste, no ha pasado nada interesante en mi vida.

—Tú ganas —dijo rendido —. Me temo que esta historia no tendrá el final que esperamos.

—Espero aparecer en los créditos —dijo Anna encendiendo un cigarrillo por enésima vez.

13

Anna reservó los billetes y León buscó en internet el número de contacto de Kowalczyk. Viajarían a Londres tras entregar los documentos. Esperarían desde allí a que aparecieran en las páginas de actualidad, se destapara el escándalo y la vorágine de periodistas buscaran una cabeza culpable. Anna y León descansarían de un merecido retiro en un apartamento para dos personas en el distrito de Purley, al sur de Londres. Allí se esconderían hasta que la tormenta hubiese pasado. Aquel era el plan, pero faltaba una parte que León ocultaba. Si Anna hubiese llegado a conocer las intenciones del español, jamás hubiese colaborado con él. El futuro de las políticas del país era lo que menos le importaba al joven. La sed de venganza que León sepultó en sus entrañas, comenzó a sacar la cabeza. Contaba con el apoyo de Anna, de Kasia y de un grupo reducido de personas que se movían por la ciudad entre las catacumbas del anonimato y la impunidad, sorteando los crucigramas que los agentes de Komarnicki enviaban para suprimirlos.

La ciudad se sumergía en una batalla interna y silenciosa.

Anna y León revisaron los documentos que había en el sobre. Estaba escrito el nombrc de Perséfone. Se encontraba en diversos documentos, siempre escrito a mano. Ninguno de los dos supo qué significaba, pero estaban seguros de que Kowalczyk lo reconocería.

La polaca llamó de nuevo y escuchó la estrepitosa y gastada voz del viejo periodista, pidiéndole a gritos que lo dejara tranquilo. Anna pronunció el nombre y la voz se relajó al otro lado. Concertaron una cita, aquella misma noche.

Kowalczyk tenía un aspecto gastado por el alcohol, la nicotina y la falta de cabello. Calvo, gordo y bigotudo, escondía su mirada bajo unas monturas tan viejas como él.

El encuentro se produjo en un bar Mleczny de confianza. Símbolo del socialismo, pequeños establecimientos con menús cerrados en los que se podía comer por algunos złoty. Sin mucho que elegir, todos eran platos de puchero, filetes, patatas y sopas.

Bajo un cartel de neón, León vio a Kowalczyk, en el interior del local, sentado en una mesita redonda. Cruzó la puerta y se sentó junto a Kowalczyk.

—Pensé que vendría tu amiga —dijo con acento eslavo —. ¿Quién demonios eres?

—León —dijo meciendo su cabellera teñida hacia atrás —. Soy amigo de Kasia y tengo algo para ti.

—Veamos… —dijo colocándose las gafas y dándole un vistazo completo —. Eres el español, ¿no?

—Sí.

—Vaya… —suspiró —. ¿Eres el que nos vas a sacar de este lío?

—¿Está bien? —preguntó León.

—Sí… —dijo el hombre lentamente —. Se recuperará. ¿Tienes el sobre?

León lo puso en la mesa.

—Está todo.

—¿Por qué te has metido en esto? —dijo el viejo —. Esto no es asunto de foráneos…

—Tienes que publicarlos —exigió León —. Es lo que Kasia me pidió.

—No es tan sencillo, ¿entiendes? Para que la noticia tenga la trascendencia que merece, necesito diseccionar la información, seleccionar lo más importante y hacer un reportaje antes del cierre del diario. De lo contrario, me detendrán y perderemos todo el trabajo obtenido hasta ahora.

—Es tu misión.

—Escúchame, joven —dijo Kowalczyk. Como buen perro viejo, no parecía estar dispuesto a que nadie le dijera cómo hacer su trabajo —. Sé qué tengo que hacer. Pero para hacerlo bien, necesitamos tiempo. Con una noticia poco contundente, la gente olvidará pronto. La verdad debe estar por encima de todo. Aplastante para evitar falsas informaciones. Tenemos que repetir la función cada día, como un teatro, hasta quedarnos exhaustos... Que la gente hable, que se desilusione, necesitamos despertar la furia del sector más retrógrado, haciéndolos quemar decepcionados; que la imagen de Komarnicki se vea dañada hasta que cada uno de los ciudadanos de este país haya metido su voto en las urnas.

—Y después...

—Después, podrás regresar a casa.

Salieron a la calle, caminaron varios metros y subieron al Passat antiguo de color azul marino. Olía a tabaco y polvo. El coche estaba helado. En la parte trasera había carpetas amarillentas con papeles en su interior y notas escritas a mano.

Recorrieron Czerniakowska hasta la calle Czerska, donde se encontraba la gigante redacción del diario Gazeta Wyborcza. Cinco plantas del tamaño de una manzana, protegido por cristaleras verdosas, vigas de acero marrón y una zona de descanso. Un complejo arquitectónico que no dormía, en el que siempre había una luz colgando del techo o una pantalla encendida.

—Impresiona —dijo León —. ¿Estamos seguros ahí dentro?

—¿Se te ocurre algo mejor?

León y Kowalczyk llegaron a la oficina del periodista, un pequeño cuarto con un ordenador, montones de documentos sin orden y una fotografía de su familia sobre el escueto escritorio blanco. León observó la fotografía y guardó silencio. Pensó en los suyos por un momento, posiblemente en el mismo lugar de España donde los dejó un día, sentados en el sofá frente a la televisión, creyendo falacias sobre el mundo. Volcaron el contenido del sobre en la mesa y ordenaron los documentos por prioridad. Dos horas más tarde, Kowalczyk tenía en su bloc de notas una lista de titulares y posibles noticias que aparecerían en la siguiente edición en papel.

—Me van a dar el Pulitzer a la tiranía. Lo veo —dijo y observó a León, sentado, desconectado —: ¿Cuánto hace que no duermes?

—No lo sé.

—Yo me encargaré de esto.

—Tengo tiempo —dijo —. Mi tren saldrá en tres horas.

—¿Es tu novia?

—No —explicó.

—Tienes suerte de tener gente a tu lado —dijo mirando la foto de su familia —. No te confíes. Debes cubrirte las espaldas.

—¿Qué piensa tu familia? —preguntó León.

—No saben nada… —dijo el hombre a regañadientes. Después escribió un número en un papel y se lo dio a León —: Tendrás noticias mías, de un modo u otro. Escríbeme a este número. No vuelvas a usar mi nombre. Escribe el nombre de la calle paralela a la que nos encontraremos y lo haremos el día siguiente a las seis de la tarde, sea cual sea el día. Si no aparezco, intenta contactarme de nuevo. Si no lo hago por segunda vez, no vuelvas a hacerlo, ¿entendido?

León asintió con la cabeza.

—Que Dios te proteja —dijo Kowalczyk.

—No sólo a mí… —dijo León y abandonó el despacho.

A medianoche, mientras León se encontraba en un tren con destino a Cracovia, Kowalczyk abandonaba en soledad la redacción de Gazeta Wyborcza. Sólo quedaba esperar. La misión había sido completada con el tiempo suficiente para incluir su reportaje en las páginas del diario. En pocas horas, las rotativas comenzarían el proceso de impresión. El país enfurecería reaccionando en cadena. Kowalcyzk se sintió útil en treinta años de profesión.

Encendió un cigarro, caminó hasta el coche y se sentó en él. La calle desierta, la puerta medio abierta, el vaho de su aliento fue toda su compañía. Sonrió al oír el crujir de sus zapatos en la tranquilidad de la noche.

Cerró la puerta, accionó el arranque y una fuerte explosión levantó al vehículo varios metros del suelo para dejarlo caer de nuevo contra el asfalto. La onda expansiva accionó las alarmas.

Un coche en llamas. Fuego en la calle y el cuerpo de Kowalczyk totalmente carbonizado.

14

León y Anna llegaron al aeropuerto de Cracovia. Embarcaron en el vuelo que los llevó hasta el aeropuerto londinense de Gatwick. Se encontraban lo suficientemente alejados de los hombres de Komarnicki como para llamar la atención a aquellas horas. Tres horas y media más tarde, tomaron un tren que los llevó a la estación de ferrocarril de Liverpool Street.

Estaban fuera del país.

Observó por la ventana las casas bajas de ladrillos de las afueras de Londres, banderas con la cruz de San Jorge o la Union Jack colgando en ventanas y balcones. Ladrillos anaranjados, amontonados verticalmente y las viviendas, todas con un aspecto similar, que determinaban el color de una nación.

Anna y León no hablaron demasiado durante el viaje.

La joven estaba nerviosa, parecía arrepentida.

La estación de Victoria era un hormiguero de personas que entraban y salían. León compró dos emparedados en un restaurante

—Necesitas energía —dijo.

—Necesito un desayuno normal —dijo ella mirando a la hamburguesa envuelta en papel. Caminaron hasta la puerta principal donde la calle se cerraba en forma de flecha.

Entraron en una cafetería, pidieron dos cafés y se sentaron en una mesa cuadrada.

—¿Ahora qué? —dijo León.

—Mi amigo aparecerá pronto.

—¿Quién es?

—Un viejo amigo. Nos conocimos hace dos años. Se llama Jack… —dijo Anna bajando los párpados —. Es escritor, como tú.

—Jack, Jack… —murmuró jugando con la cucharilla de café —. ¿Te has acostado con él?

—¿Estás celoso?

—Te has acostado con él —afirmó León.

—Es mi vida, mi pasado.

—No te juzgo —dijo él.

—No me arrepiento.

—¿Estabas con Maciej?

—Ya te he dicho que no me arrepiento.

Un chico de color, alto y fuerte, con labios carnosos y nariz chata, entró en la cafetería. Tenía el pelo muy corto y llevaba un abrigo negro cruzado.

—¿Anna? —preguntó el chico.

—¡Jack! —dijo ella levantándose.

León, un poco celoso por la falta de protagonismo, le tendió la mano.

—No me habías dicho que él era…

—¿Sí? —preguntó ella.

—¿Negro? —dijo Jack.

—Maldita sea, has hundido mi autoestima, tío.

Todos rieron.

—Pensé que yo era el único escritor en tu vida—dijo Jack a Anna.

—Creo que se lo dice a todos… —comentó León.

—¡Basta! —exclamó la joven —. No estamos aquí para hablar de mí.

—¿Cuál es el plan? —preguntó el inglés.

—No tenemos mucho tiempo —dijo León.

Tomaron un metro hasta Ladbroke Grove. Londres tenía un encanto singular. Imaginó cuánto le hubiese gustado en otro momento, en otra vida, caminar por las calles de la capital británica, perdiéndose entre ellas, enamorándose en cada esquina, viviendo allí como un juntaletras cualquiera, comprando cada mañana el mismo cartón de zumo al tendero más cercano. Lamentablemente, la situación era otra.

Encontrar a Zofia iba a ser una cuestión, entre otras, de azar. León, terco y en sus trece, sólo quería venganza. La venganza, un plan frívolo y meditado, una pérdida irrevocable.

Para León, el ser humano aún distaba de la perfección mientras no trabajara en la evolución de su psique. Un eslabón débil de la especie en desarrollo. Había estado equivocado todo aquel tiempo. Amaba a Zofia, pero sus intenciones eran otras. El amor, tan maleable como el cristal líquido, se decía. Así pues, no tenía reparo alguno en jugarse la vida. El objetivo no era la salvación, si no la culpa, la tortura psicológica que sufre un padre tras perder a su hija. Quería que Komarnicki mordiera el polvo, y poco le importaba el embarazo, la joven o que el mundo se resquebrajaba en pedazos. León era un hombre afligido con un orgullo malherido, y había visto una ocasión única para devolverle la patada que había dado el otro.

Sabía que encontraría a Zofia y a Komarnicki.

Ella era el señuelo, y pronto se acercaría a él.

Lo llevaba dentro.

Sólo tenía que esperar.

El apartamento de Jack era un estudio con una habitación y un sofá frente a la tele. Anna y León dormirían en el sofá. En la casa no había demasiadas cosas. A Jack le gustaba el orden, los colores claros y los muebles minimalistas. Trabajaba en un escritorio, junto a la ventana del salón. Había un ordenador portátil conectado.

León encendió la televisión y buscó el canal BBC 24 horas. En el informativo, aparecía el rostro de Komarnicki junto al primer ministro británico, estrechando las manos. En una toma rápida, reconoció el rostro de Zofia. León escuchó atentamente y llamó a Jack para que le dijera dónde se encontraban.

—Downing Street. Es la casa presidencial. No está muy lejos si tomas el metro —explicó.

—La noticia es de ayer —dijo León —. Se reunirán hoy. Tenemos que encontrar el hotel donde se encuentra Komarnicki.

—Tendrá seguridad por toda la calle —dijo Anna.

—Su mujer no.

—¿Eso qué importa?

—Quiero encontrar a Zofia.

—No me dijiste nada de eso…, yo pensé…, yo pensé que… —reaccionó Anna nerviosa.

—No es un secuestro —explicó León —. No lo puedes entender.

—No, León. No lo entiendo…

—¿De qué mierda estás hablando? —dijo Jack.

—Tengo que marcharme —dijo León recogiendo sus cosas.

—¿Adónde vas a ir? —preguntó Anna.

—Al Sheraton de Park Lane —contestó —. Allí está Zofia.

León pidió a Jack su número de teléfono y prometió que

les contactaría más tarde.

El cielo se había despejado, entró en una tienda para comprar una tarjeta de teléfono. Al salir, tropezó con un viandante que caminaba en dirección opuesta.

Las piezas del aparato cayeron al suelo.

—Joder —dijo León.

—Perdón —dijo la otra persona en español y se agachó.

—Tranquilo. No pasa nada... —dijo León agachándose también.

Levantó la mirada y miró al hombre que tenía delante.

—Toma —dijo entregándole las partes del teléfono

—¿Español?

—Sí... —contestó el hombre —. Es una ciudad interesante, ¿verdad?

—¿Vives aquí? —preguntó León.

—No, no, qué va. Soy escritor... Diviértete y disfruta por aquí.

—Gracias, tú también, supongo... —contestó. El tipo continuó caminando cuando León se dio cuenta de quién era aquel tipo, recordando sus libros, y corrió hasta alcanzarlo.

El extraño se giró cuando León miró su rostro, que no era de carne sino de fuego, humeante. El tipo lo señaló con el dedo índice, a un metro de él.

—Un día despertarás y todo habrá terminado. Tú no existes, jamás lo has hecho. Todo es parte de tu imaginación. Tu propósito sólo te ha llevado hasta aquí. Recuerda que eres energía, que la energía forma parte de un todo así que jamás podrás ser destruido, tan sólo transformado, recuérdalo.

León pestañeó y cayó al suelo, mareado.

El hombre se acercó a él.

—¡No! ¡Déjame!

—Oye, ¿estás bien? —dijo. León lo miró y su rostro volvía a ser humano —. Pareces cansado.

—Todo está bien, gracias.

El hombre, asustado, se despidió y siguió su camino, girando la esquina hasta desaparecer por completo.

—Qué cojones… —pensó León en alto.

15

A escasos metros del Park Lane Hotel London, estaba seguro de que Komarnicki y su familia se hospedaban allí. Compró el The Guardian en un quiosco optó por usar gafas de sol redondas con cristales amarillos. La imagen que entonces lucía distaba del chico que semanas atrás impartía clases en un centro de privado. León tenía en su cabeza una secuencia trazada de los hechos. Las posibilidades eran muchas. Las probabilidades, pocas.

En las páginas internacionales del diario aparecía un pequeño texto relacionado con Polonia. Un periodista había sido víctima de un atentado terrorista. Las fuentes oficiales lo atribuían a las células anarquistas. Era el coche de Kowalczyk. León no mostró gesto de arrepentimiento. Cerró el periódico y lo guardó bajo el brazo. El Park Lane Hotel London tenía blindada la entrada con seguridad invisible. León peinó la zona y entendió que no podría estar mucho tiempo caminando por allí antes de que algún guardia notara su presencia. La vida en Londres era un constante estado de alerta. Demasiada gente para sentirse seguro.

Los guardias comenzaron a mirarlo con incomodidad, León se movía de un modo extraño. Simuló hacer una llamada cuando vio varias personas salir del hotel. Eran Zofia y su madre, la señora Komarnicki. Subieron a un taxi y salieron en dirección opuesta.

León tomó otro taxi y ordenó al conductor que siguiera

al coche.

Bordearon el hotel por Brick Street para llegar a los alrededores del famoso Arco de Wellington. El tráfico era denso, el sol salió de nuevo.

—Esta ciudad necesita ser construida de nuevo —dijo el taxista, un viejo inglés rollizo con camisa de cuadros y tatuajes del West Ham United que bordeaban sus muñecas.

—No pierda de vista al coche —dijo León.

El taxi de las Komarnicki se detuvo. Zofia y su madre bajaron en la plaza del Duque de Wellington. León las siguió a pie, manteniendo la distancia. Sólo tenía que ir tras ellas hasta llegar a un lugar tranquilo.

Cruzaron y continuaron paseando, adentrándose en Hyde Park. El parque aún estaba verde, debido a la lluvia y a la ausencia de frío. El otoño cambiaba su hoja y pronto la enorme extensión se convertiría en un secarral gris bordeado de nieve y barro. León miró a su alrededor, el tiempo se le acababa. Pronto, las doncellas abandonarían su paseo para encontrarse con Roman.

Algunos jóvenes jugaban a la pelota en una zona verde. Madre e hija caminaron lentamente, tomando fotos con sus teléfonos móviles. León vio a Zofia a lo lejos, su rostro no deslumbraba felicidad, ni siquiera una mueca de excitación. Bajo la mirada de sus cristales amarillos, el pelo teñido de rubio platino y la vestimenta oscura, caminó hacia la niña. Ambas se dieron cuenta de la presencia. El crujir de las piedras en los zapatos. El silencio infinito como banda sonora. León se detuvo frente a ellas y sonrió. La mujer tiró del brazo de la joven.

—Vamos, Zofia —dijo en polaco.

—Es él, mamá.

—¿Cómo? —Dijo la mujer. Cuando se quiso dar cuenta, León se encontraba a un metro de distancia. La señora Komarnicki lo miró aterrada.

—Vámonos, Zofia —dijo León ofreciendo su mano.

—No la toques —dijo la madre —. Llamaré a la policía

—Cállese —dijo en un golpe seco —. Vámonos, Zofia.

—¿Qué te ha pasado?

—Tenemos que irnos.

—¿Cómo sabías que estaba aquí?

—Tu padre se encargará de esto —dijo la madre buscando el teléfono.

—Cállate —ordenó la joven —. No nos hará nada.

—Tu padre —dijo León —. Él me trajo hasta aquí.

—No escuches lo que dice, Zofia.

La joven dio un bofetón a su madre. La mujer se ahogó en un silencio.

—¿Que es lo que quieres, León? —preguntó Zofia.

—Vámonos.

—¡No! —dijo Zofia, soltándose —. Dime… ¿Qué es lo que quieres?

—¿No lo entiendes, Zofia? —dijo —. Te quiero a ti.

La joven sonrió.

—Adiós, mamá.

La mujer, paralizada, rompió en un sollozo. Su hija desaparecía en la lejanía de la mano del profesor.

16

En la primera planta de la estación de tren de Victoria, Zofia miraba los horarios en una pantalla.

—¿Por qué has tardado tanto, León? —preguntó la joven dando un sorbo a su refresco.

Él recordó aquel día lluvioso en Varsovia, en el que decidieron tomar un tren por primera vez.

—El mundo se ha convertido en un lugar extraño —dijo.

—¿Qué haremos?

—Iremos a París.

—¿Y el niño?

—Yo te protegeré —dijo León —. Juntos, nada podrá con nosotros… ni siquiera tu padre.

—No volveré a verlos, ¿verdad? —preguntó la joven.

—No creo.

—¿Volveremos a Varsovia?

—Algún día, Zofia —contestó León. Por los altavoces, una voz femenina indicaba la salida del tren con destino a París —: Es el nuestro, vamos.

Subieron al tren en silencio. Zofia se sentó junto a la ventana.

Dos horas más tarde, llegarían a París.

Todo habría terminado.

—Esto no está bien —dijo Zofia —. ¿Qué nos ha pasado?

—¿A qué te refieres? —dijo León.

—No sé… Me olvidé de ti —explicaba —. Fue más fácil de lo que imaginé… Pensé que me estaba traicionando a mí misma, a mis sentimientos… Que las mentiras de mis padres habían surtido efecto en mi cabeza, que lo nuestro no tenía ningún sentido… Puede que me enamorara de ti accidentalmente, en mi deseo de recibir la atención que no obtenía de mi padre. Quizá fue un acto rebelde. No sé, León, nunca lo supe. Pero una vez que sentí algo en mi interior, que no era sólo yo, me di cuenta de que todo había sido un error. Que tenías razón y que a eso que yo llamaba amor no había sido más que una explosión de emociones primerizas, experiencias vírgenes. Supe que jamás volvería a ser la misma pero me di cuenta que tampoco quería marcar mi vida para siempre de un modo tan trágico… Soy una adolescente y tengo el privilegio de formar parte de una familia que tiene de todo. No entiendo por qué iba a abandonar mi futuro tan pronto con un error tan estúpido… Estas son las estupideces que marcan tu vida para siempre, los actos de valentía que nos hacen tan débiles después… y yo, León, y yo… Nunca antes había pensado en la maternidad. Todo llegó demasiado pronto y lo que en un principio creí como apropiado, cada día me arrepiento más de tenerlo dentro de mí.

León no se estremeció.

Su cuerpo permaneció rígido, con los ojos puestos en el rostro de la chica.

Ni siquiera un pálpito de impotencia.

Con un movimiento extraño, levantó su mano y la puso sobre la tripa de Zofia, apretando hacia dentro.

Ella se quejó.

La mano del joven estaba congelada.

León, con el rostro pálido ensombrecido por las lentes amarillas, miró por la ventana y exhaló.

En cuestión de una hora y varios minutos, los dos llegarían a la estación de tren de París.

Un equipo armado de nationale lo esperaría para exigirle que liberara a la chica.

—No te das cuenta de lo egoísta que has sido — reprochó León.

—Lo siento.

—Niñata hija de perra… —esputó León—. Tú no puedes sentir nada, malnacida… Si lo sintieras, no estaríamos aquí. Esto no habría pasado.

—Estás tan cambiado…

—Siempre tiene que perder alguien para que otro gane… —dijo León tocando su mano, agarrándole los dedos, apretándolos entre sí.

—Me siento incómoda, por favor… —dijo ella, asustada.

—¿Sabes? —dijo él—. Durante todo este tiempo no he conseguido dormir. Primero pensé que era estrés, después agotamiento. Desde que tu padre te apartó de mí, he tenido una imagen constante, imborrable, bajo la lluvia, besándonos por última vez… Un recuerdo dulce que se convirtió poco a poco en un dolor de cabeza, en una cuchilla rasgando mi cerebro… Soy un alma perdida en el purgatorio. Soy la consecuencia de un mal sueño en el que no existe puerta trasera, del que es imposible despertar… Reconozco haber molestado a la persona equivocada, pero juré no darme por vencido hasta el último latido… Te he destruido tantas veces en mi corazón que no sentiría nada si lo hiciera ahora con mis propias manos, pero no puedo… soy incapaz de hacerlo, porque, a pesar de todo, de los sueños y las alucinaciones, de los dolores agónicos en mi sien, de tu distante forma de hablar, a pesar de que tus pensamientos hayan cambiado de forma, sé que en tu corazón aún existo de algún modo, y mi alma lo reconoce, y siempre lo hará. Sé que en tu corazón existo porque una parte de mi ser está dentro de ti, de los dos, de lo que fuimos. Jugamos a ser dioses y lo logramos… Quizá por eso, porque no existe otra razón, es por lo que no puedo matarte aquí mismo con mis propias manos…

Una voz indicó por el altavoz la llegada a la Estación del Norte de París.

—¿Este es el final? —preguntó la joven.

—Así es —dijo él completamente sereno.

La chica se levantó, cogió su bolso y miró a León.

—Puede que tengas razón —dijo —. Puede que perdonarme la vida haya sido un error. Cada acto tiene sus consecuencias. Ojalá te hubiera conocido en otra vida, en otro momento… Espero no verte nunca más, León.

Zofia salió disparada por la puerta del vagón, meciendo su cabellera dorada, moviendo las finas piernas y unas nalgas apretadas en los vaqueros rotos de color negro.

Aquella fue la última vez que León vería marchar a la joven adolescente.

Todos los pasajeros abandonaron el vagón. Su momento había llegado.

Miró por la ventana, pero no pudo ver nada. Esperó a que salieran todos. Ningún guardia se acercó a revisar a los pasajeros.

Se sintió extraño.

Caminó y salió del vagón.

No le esperaba nadie.

Caminó hasta encontrarse bajo el gigantesco edificio de la Estación del Norte.

A medida que respiraba el aire parisino y se envolvía en el acento francés, tomó consciencia de que su pesadilla había terminado, al parecer, por el momento. Más tarde, vendrían las explicaciones, las actas policiales o el silencio perpetuo, pero si tenía la certeza de algo era de haber abandonado el país para siempre airosamente.

Miró a la gente, se fascinó con la felicidad y la tristeza que se podía encontrar allí a partes iguales. Caminó hasta un cajero y sacó dinero. Después entró en una cafetería de la estación y pidió un café.

Se dio cuenta de que nadie creería su historia.

Komarnicki tenía razón. Los hechos eran tan inverosímiles que no le tomarían en serio. En caso de que hubiese alguna prueba, daba por hecho que habría sido eliminada.

León pensó que lo primero sería volver a su color de pelo natural, y después tomaría notas para reescribir su historia a modo de novela. Su batalla sería hacerle frente a las editoriales y colocarse entre los clásicos de espionaje.

Pensó en los suyos. Mantendría la cabeza ocupada ayudando en el negocio familiar y el resto del tiempo lo dedicaría a escribir.

Terminó el café, pagó, rió frente a la camarera francesa de pelo castaño y dejó propina.

Estaba loco, loco por vivir.

Caminó hasta una cabina vieja de teléfono y marcó el teléfono de la residencia familiar.

Sonó el primer tono.

Una mujer habló al otro lado.

—¿Sí?

—Soy yo, León —dijo excitado.

—¿León? ¡Oh! ¡Hijo mío! ¿Cómo estás? ¿Desde dónde nos llamas? —decía la mujer encantada —. Tu padre está aquí…

—Mamá… —dijo él —. Os quiero mucho, vuelvo a casa.

—¿Que regresas? —dijo la mujer, entrecortada por las voces de otra persona que se escuchaban de fondo.

—Estoy en París… —explicó —. Es una larga historia… No te preocupes.

—¿Qué ha pasado, León? ¿Estás bien? —preguntó la mujer preocupada.

León guardó silencio varios segundos y miró al teléfono que sostenía en su mano. Colgó.

Se apoyó en la cabina.

Rompió a llorar emocionado.

Un poco de amor, era todo lo que necesitaba.

Buscó otra moneda en su bolsillo cuando sintió una presencia, una presión en el aire, después en los oídos.

Un fuerte pitido sonó en su cabeza.

Un golpe seco lo estampó contra la cabina.

León perdió el conocimiento y se desplomó.

17

En una taberna, dos hombres fumaban y bebían cerveza apoyados en una barra. Otro hombre, borracho, dormía a pierna suelta sobre un taburete. El humo formaba una cortina insoportable.

Uno de los hombres tenía el pelo oscuro y largo, la piel reseca y tostada y un largo bigote que le llegaba a ambos lados de la barbilla. Era corpulento, atlético. Quizá por la vida en el campo o una alimentación rica en carbohidratos.

El otro, rubio, con los ojos verdes y oscuros, cargaba con una barriga que le tocaba casi las rodillas. El local olía a humedad y suciedad.

En una vieja televisión, una mujer presentaba un noticiario.

—¿Qué se te ha perdido allí? —dijo en ruso el tipo rubio, levantando su cerveza y encendiendo un cigarrillo.

—No estoy seguro... —dijo el hombre moreno —. Tengo una corazonada.

—¿Qué dice Anastasia? —preguntó el camarero.

—Desde cuándo importa eso... —contestó el hombre gordo.

Los hombres callaron cuando en la televisión apareció la figura de Komarnicki. Estaba más envejecido y entonces se había convertido en primer ministro. Después apareció Zofia, junto a otro joven y un niño de pelo oscuro. La joven se había convertido en una mujer, y era la esposa de un miembro de la antigua aristocracia polaca.

—Sube el volumen —dijo el hombre de bigote oscuro.

—Ese hijo de perra busca pelea con todos… —dijo el camarero —. Menuda familia de sanguinarios…

—Pavel, cóbrate —dijo el hombre de bigote —. Me tengo que marchar.

El hombre se despidió, salió de la taberna y caminó hasta el final de la calle.

Estaba atardeciendo y hacía calor. Se encontraba en un pueblo pequeño, de paisaje soviético y rótulos del socialismo. Al final de la carretera, el asfalto dejaba un camino de tierra que lo llevaba al interior del bosque.

Encendió un cigarrillo y caminó varios metros.

Diez años no fueron suficientes para olvidar todo lo sucedido. Aún recordaba la mañana que despertó, en una cama, apaleado y sin fuerzas, en la casa del viejo Igor, su amo.

Lo último que recordaría, la estación de París.

Aún podía escuchar la voz de su madre.

En un principio, no entendió nada de lo que sucedía cuando abrió los ojos.

Con el tiempo, aprendió ruso a marchas forzadas, haciendo horas y horas de trabajos forzados en la finca del bielorruso. Meses después, se dio cuenta de que no era el infierno tal y como pensaba, sino un pueblo del norte del país vecino, Bielorrusia.

Komarnicki se encargó de borrarlo por completo, otorgándole una nacionalidad diferente y un pasaporte con pocas posibilidades. No saldría de allí, no tenía dinero ni sabría cómo.

Poco después, el polaco ganó las elecciones y llegó al gobierno. Y así, durante dos legislaturas, llevando al país fuera de la Unión Europea y enemistándolo contra las naciones vecinas.

Por su parte, él nunca más sería León Sánchez.

Durante mucho tiempo, carecería de acceso a ningún tipo de comunicación, ni siquiera al correo ordinario. Todas las personas que lo conocieron, creyeron que León había muerto en un accidente de tráfico.

Aprendió a hablar y leer el idioma para dos años más tarde, casarse con Irina, la hija del tendero más rico del pueblo. Su matrimonio, bajo la cruz ortodoxa, trajo a Dasha y Dmitry. León pasó una temporada gozando de una vida mejor, lejos de lo que conocía él como bienestar. La muerte del viejo Valery, lo convirtió en el heredero principal de la familia. Con las ganancias de la tienda, no tendría que trabajar más y podría dedicarse a retomar su camino.

Sin cese, León guardaba su plan de venganza en un sobre.

Sentía que todos le habían traicionado, incluso Kasia, que no hizo nada por buscarlo. También sabía que el niño que entonces crecía en la nueva familia de Zofia, tenía su sangre.

Había pasado una década, pero para él, seguía pareciendo un ayer.

Una mañana, se dio cuenta de que no había más que hacer, lo había aprendido todo, y la teoría no servía de nada sin la puesta en escena. Estaba preparado para regresar.

Puede que León pecara al perdonarle la vida a la joven en la estación parisina, pero Komarnicki erró dejándolo con vida.

Sólo tenía un objetivo, que no era otro que acabar con sus propias manos con el clan familiar. No dejaría vivo a nadie. Primero las torturaría a ellas, delante de Komarnicki, arráncandoles la piel mientras estuvieran vivas. Después, le sacaría los ojos al primer ministro, dejándolo agonizar lentamente en su dolor.

Sabía que no era fácil, sino todo lo contrario, y que

podía perder la vida, también, pero había invertido diez años de su vida para dicho evento.

De repente, bajo un árbol, el viejo teléfono móvil vibró. Miró la pantalla de color verde.

Era un mensaje.

Su contacto lo esperaba en la estación central de Varsovia. No había marcha atrás. El plan había comenzado. No se despediría de su familia, no dejaría notas o mensajes de voz.

Simplemente y sin vacilar, dio media vuelta y caminó en dirección a la vieja estación de tren.

León sonrió al sol.

Pronto dormiría tranquilo para siempre.

SOBRE EL AUTOR

Pablo Poveda (España, 1989) es escritor, profesor y periodista. Vive junto al mar donde escribe todas las mañanas. Cree en la cultura sin ataduras y en la simplicidad de las cosas. Entre su obra destaca:

Serie El Profesor
El Profesor
El Aprendiz
El Maestro

Serie Gabriel Caballero
Caballero
La Isla del Silencio
La Maldición del Cangrejo
La Noche del Fuego
Los Crímenes del Misteri
Medianoche en Lisboa

Serie Rojo
Rojo

Serie Don
Odio
Don
Miedo
Furia

Únete a la lista VIP de correo y llévate una de sus novelas en elescritorfantasma.com/book

Contacto: elescritorfant@gmx.com

Página web: elescritorfantasma.com

Si te ha gustado este libro, te agradecería que dejaras un comentario donde lo compraste.

Printed in Great Britain
by Amazon